非虚构作品

Wuhan and
the Yangtze River

唯见长江

林东林——著

长江出版传媒　长江文艺出版社

图书在版编目（CIP）数据

唯见长江 / 林东林著. -- 武汉 : 长江文艺出版社, 2024. 12. -- ISBN 978-7-5702-3839-2

Ⅰ．I25

中国国家版本馆CIP数据核字第2024F0R391号

唯见长江
WEIJIAN CHANGJIANG

责任编辑：朱嘉蕊	责任校对：程华清
封面设计：李 扬	责任印制：邱 莉 胡丽平

出版： 长江出版传媒 长江文艺出版社
地址：武汉市雄楚大街268号　　邮编：430070
发行：长江文艺出版社
http://www.cjlap.com
印刷：武汉新鸿业印务有限公司

开本：880毫米×1230毫米	1/32	印张：9.125
版次：2024年12月第1版		2024年12月第1次印刷
字数：180千字		

定价：78.00元

版权所有，盗版必究（举报电话：027—87679308　87679310）
（图书出现印装问题，本社负责调换）

目录

自序　　　　　　1

在金口　　　　　1
上岸　　　　　　21
桃子姐　　　　　39
一次执法　　　　55
江滩记忆　　　　69
治污记　　　　　89
另一条路　　　　117

他的长江	135
以鱼之名	151
摆渡者	165
长江课	185
净滩使者	201
逐江的人	219
长江故人	233
后记	251
致谢	260
参考书目和资料	263

全长6397千米[①]的长江，流经武汉的长度是145.5千米[②]。简单换算一下就知道，这个长度占据了长江总长度的1/44。这个比例并不大，但是就整条长江的保护来说，这1/44起到的却是100/100的作用；而对武汉来说，这1/44的长江既构筑着这座江城的根基，也决定着它一千三百多万子民的生活，更决定着我们该如何面对过去和未来的长江。为此，一座城市和它的子民们展开了一场接力——他们致力于把长江更好地摆渡给未来的岁月和人们。

[①②] 数据来源：《2023年武汉市水资源公报》。

从金榜名苑二十楼看见的长江

有五年时间，长江，这条穿越了高原、峡谷、丘陵和平原的亚洲第一长河、世界水能第一河，就挂在我的窗外——无论从卧室还是客厅的落地窗里，一抬头我就可以看见它。有很多次，我平静地望着它的激越，它反射着金色夕光的像镜子一样的江面，同时也在视若无睹地忘记着它，忘记着人类所赋予它的那无数头衔。它成了这座城市里的一种日常。

自 序

1

我想先从一个故事说起——事实上,这也是一个与长江有关的并不算太遥远的故事。

44年前的那一年,即1980年,有一位叫佐田雅志的日本年轻人来到中国,他这趟行程的目的是在北京举办一场个人演唱会——他也是第一位来到中国开个人演唱会的日本人。不过,他无论如何都不会想到的是,这场演唱会却没有成为他这趟中国之行的真正目的,反倒是一开始那个并没有抱多大希望的念头,给他带来了一份影响深远的"收获"。

在此之前,一直想制作电影的佐田雅志写了一份关于拍摄长江纪录片的企划书，他的父亲佐田雅人到中国旅行时，将这份企划书投进了中央电视台的信箱。虽然并未对此抱多大希望，然而意外的是，没过多久他们就收到了央视方面传来的拍摄许可。据佐田雅志回忆，央视方面当时是这么回复的："已经有六个国家提出了关于长江沿岸的摄影企划，我们认为你的是最好的，尽管公司的规模是最小的，但是成事在人而不是公司，我们相信你。"

正是因为这样的契机，在演唱会结束之后，佐田雅志用做音乐攒下来的2亿日元做资金，自任导演、主演、编剧、技术指导和策划，从日本找来专业摄影团队，开始了他的长江拍摄之旅——从长江入海的第一站上海出发，一路向着源头逆流而上，先后走过上海、江苏、湖北、安徽、四川等地大大小小的城市、村镇和田野，前后行程达3000多千米。

在这部2小时17分钟、名为《长江》的纪录片中，佐田雅志从史诗视野和宏大叙事中抽离，以一个外来者的视角讲述了他沿着长江在中国大地上行走的见闻感受，将镜头对准了在长江沿岸见到的那些最为普通的中国人、最有代表性的风土人情和最有烟火气息的日常生活——这部在B站上偶然发现的纪录片，不仅让我重新置身于20世纪80年代初那个在今天看来像镀金了的岁月，也让我再次看见了那个年代的人们清澈的眼神和蓬勃昂扬的风貌。

这部纪录片的传播率并不高，或许很多人至今都没有看到过，甚至压根儿就没有听说过，但是我们应该都看到过另外一部——1983年由中央电视台推出的那部从长江源头讲到长江入海口的25集纪录片《话说长江》。鲜少有人知道的是，那部创造了中国纪录片至今也难以被打破的收视神话的纪录片，其中有很大一部分素材就取自佐田雅志的《长江》。

更鲜有人知道的是，《长江》还给佐田雅志带来了一笔巨额债务——在它给他带来的那份影响深远的"收获"中，这是另一重内容。当时，佐田雅志的拍摄预算是8亿日元，算上票房收入以及央视给的分成应可勉强收回成本；不过拍着拍着他就收不住了，因为可拍的内容实在太多，大量使用航拍镜头，全片采用35mm胶片，以及他本人并非专业人士、不擅长统筹拍摄，时年28岁的他为拍摄这部纪录片欠下了一笔巨款——35亿日元。如果对这个数字没有概念的话，简单换算一下就可以清晰地感受到——那约等于人民币1.7亿元。

这笔天文数字般的债务，即使对当时已经是明星音乐人的佐田雅志来说，也是一笔难以承担的重负。之后的30年里，他不得不通过一场场演唱会（平均下来2天就举办一场）开启自己的还债之旅，终于在60岁的2010年才还清所有债务——当然这是后话了。

不不不，在这里我并不是想赞美佐田雅志这份超越国界的奉献情怀，不是想分析这部纪录片在所有以长江为题材的纪录片中的异同之处，也不是想讨论他拍摄下来的20世纪80年代的长江及其沿岸内容对于当代中国的价值和意义，而是想分享一下他的《长江》为我——可能也包括绝大多数中国人——所重新打开的那条长江，值得我重新去打量的那条长江。

他的行走，他的叙述，他的感喟，他的角度，他的节奏，他的气质，赋予了我们一条新的长江。抛却镜头中那段遥远时光带来的怀旧成分，在我看来，佐田雅志这部纪录片最重要的意义在于：一是为我们提供了一个关于长江的外来者视角，二是为我们提供了关于长江的那些丰富肌理和饱满细节，三是为我们提供了一种进入长江的方式——一种个体的进入方式。从某种意义上说，是佐田雅志让这条大江从字面和纸面上走了出来，以立体化和纵深化的形象走到我们面前，进入我们的日常生活中，他用自己的方式"复活"了长江。

你当然可以说，佐田雅志对长江的这份深情向往，来自其父祖两辈与中国结下的不解之缘——其祖父曾在中国度过了青春时代,父亲更是自小长在中国东北,来自这些家族记忆让佐田雅志对中国和父亲年轻时待过的长江中下游一带所产生的那些憧憬迷恋,但是最最重要的,可能还在于长江给他带来的那份生生不息的生命之感——那不仅仅是他作为一个日本人对一条中国大江的体悟,更重要的是,还有他作为人类一员对长江的体悟。

这份作为人类一员的体悟,超越了国界,超越了民族,也超越了时空,其意义之广大就像这部纪录片结尾的画面——在长江上劳作的那些船工们——所呈现出来的,也就像随着这些画面一起响彻在我们耳边的、佐田雅志创作的那首民谣《生生流转》中所咏唱的:

> 理所当然地想要活下去/无论多渺小都可以/想积极进取地活下去/不停歇也不放弃/飞鸟降临于天空/游鱼诞生于大海/在这名为时间的长长河流里/生命这一奇迹我想坚定地去相信/有喜怒哀乐还有死亡/无论多艰难都可以/想把爱在心中汇聚/理所当然地想要活下去/无论多渺小都可以/想要变得温柔无比/坦率真诚亦不自欺/有时会困入迷津/有时也陷入困境

2

长江，这是一个经常悬浮在很多城市介绍，众多古代诗歌、历史和地理课本、远古神话传说，各类画作、摄影作品和电影电视剧之上的名字。从小到大，因为它在我经历的各种场合中被提及的次数实在太多，经常会让我觉得对它极为熟悉——就像是对自己的家乡一样熟悉……发源于青海省西南部、青藏高原上的唐古拉山脉主峰各拉丹冬雪山，一路曲折东流，先后流经11个省、自治区和直辖市，最后注入东海，这是连小学生都知道的知识点。

但是后来的那么多年，在九江，在上海，在安庆，在南京，在宜昌，在重庆，当我来到某一段具体的长江面前的时候，临江而立，面对那些江水、滩岸、堤坝、船只，面对那些具象为真实可观、可感、可触摸的事物时，我也会像是回到自己曾经熟悉和多年久违了的家乡一样，立刻被一种强烈的陌生感、新奇感和诧异感所包围。哦，这就是万里长江吗？

即使是现在置身武汉，在我已经生活了10年的这座城市，虽然曾经无数次地亲见过甚至是垂钓过长江，然而每一次当我来到它——无论是武昌江滩边的长江、汉口江滩边的长江、长江大桥下的长江又或者鹦鹉洲大桥和二桥下的长江——面前的时候,依然会产生这样一种感觉,心里明明知道这就是长江,然而不知道出于什么原因,我还是会惯性地、潜意识地不把它当作长江——那条在各种场合被提及的长江,真的就是眼前的这个样子吗?

我不清楚这到底是我个人的感觉还是一种普遍感觉,也没有做过与之相关的统计,不过有理由相信,在面临某一段长江的时候,产生过这种心理感受的人或许也并不在少数。

是的,长江里并没有写着长江的名字,某一段的长江也不具有整个长江的阔大形象。当我们来到这条滚滚而去的大江的面前时,眼之所及,这条被称为"长江"的大江与其他江河相比也并没有太多不同之处,它只是滚滚流淌着,像所有江河那样滚滚流淌着——不,它不像是"轻舟已过万重山"的那条长江,不像是"孤帆远影碧空尽"的那条长江,也不像是画面上和电视剧中那条富有气势或者具有情节的长江,它脱解了所有与之相关的文化、文学和艺术,也脱解了一切浪漫化的修辞、意义和想象,只是作为一条大江那样流淌着。

江面上,一条条运送砂石、集装箱、货物的船只穿行其上,一些树枝、植物、塑料泡沫被浪花裹卷着漂流而下,几个黑点般的垂钓者正蹲踞在此岸或者彼岸的土石上，它的背景是由鳞次栉比的高楼大厦和交错其间的低矮房屋构成的现代城区，抑或由一片片连绵不尽的灌木丛、田野、树林构成的荒郊野外。可以这么说，此时此景中的长江，被具象化为了一种局部的面目——甚至会让我们怀疑它是不是那条中国第一大河、世界第三大河。

生活在别处，长江也在别处。它明明就近在眼前，却似乎又与我们越来越远了，远到我们辨识不出来它的面目。那么，究竟是什么把眼前的长江推到了我们永不可及的别处？

当然，当然不能把这个原因归结为我们此前对它的无数次听闻，归结为那些听闻把它反向塑造成了一条无法在现实中落地的河流。后来，我所给出的一种解释是，这是因为我——以及像我一样的人——对长江的认知和长江的现实之间所产生的那种巨大脱节，而构成了这个脱节的，正是我在现实日常层面对它的关注度和了解度远远不够——换句话说，我对它还仅仅停留在一种形而上的关注和了解，而并非出于一种形而下的行动和实践。

是的，之前，在九江，在上海，在安庆，在南京，在宜昌，在重庆，在我以游客身份出现的长江流经的那些城市，长江于我仅仅只是作为一种景点性的存在，刚刚出现在眼前，旋即又消失于眼前，与我看见的其他那些景点并无二致。之后，在武汉，在这座我生活了10年的城市，长江虽然流经于此，虽然构成了这座城市的版图、格局、形象和气质，但于我也仅仅只是作为一种背景性的存在，最多也只是作为我在日常交通和地理方位上的一项参照以及带领外地游客参观的打卡点，而并不会与我的日常生活建立起深度相关性。

也不单单是我们距离长江越来越远了，反过来说，长江可能距离我们也越来越远了。

随着时代之轮的跃进，今天的长江在它的所有流经之地几乎都褪尽了我们记忆中的那些内容——客轮、渔船、码头、乘客、洗菜洗衣的人，以及一种随水而居的生存景象，20年前或者更久之前的那种水上日常，人类与长江的那种相伴传统和生活方式，都已经不复存在于江面之上了。从某种意义上可以这样说，今天的长江逐渐成为一种景观化的存在，回到了它作为一种地理事实的本来面貌——这当然也是现代文明所带来的某种必然局面。

也许，正是在所有这些因素的叠加作用下，我产生了站在某一段长江面前时的那种陌生感、新奇感和诧异感，甚至让我怀疑眼前的长江究竟是不是长江。无独有偶的是，在一些我为此进行交流过的朋友那儿，无论是从小生活在长江边的、像我这样生活在长江流经之地的还是与长江相距甚远的，他们也或多或少地对今天的长江怀有同样的心理感受。

对于今天的长江来说，这当然构成了一种巨大的熟视无睹，进而也构成了一种巨大的漠不关心——它从我们的现实日常中消失了，而我们也无动于衷地让它从我们的现实日常中消失了。由此，也就形成了一种可能或者正在产生的局面，我们虽然向往着、憧憬着、想象着、阅读着、关心着、保护着长江，然而那只是停留在我们的脑海里，与现实中的长江并没有产生任何关系——遑论实际行动了。作为一条江——我们的"母亲河"，它仍然还在兀自流淌着，仍然还在遭受着正在遭受的一切。当然，从道理上我们都明白，这不对！

3

"雕塑大武汉"是武汉市文联持续了13年的创作项目，每年创作一部反映武汉城市建设和社会发展某个侧面的报告文学作品。今年五月，我有幸接受了这项以武汉"长江大保护"为年度主题的创作任务——对于一个以纯文学为主的写作者来说，这当然不失为一次更新写作内容和延展写作边界的机会，而后来的事实也证明了这一点——甚至远超我的想象。

在此后的三个多月里，我面对面地采访了各个领域20多位参与"长江大保护"的对象——从巡护员到巡查者，从管理者到专家学者，从媒体人到志愿者，从人大代表到普通市民群众，从他们的视角和事迹出发，并结合社会学和人类学常用的现场采访和田野调查等，以非虚构写作的方式深度还原一座城和一条江的纪事，以期勾勒出江城武汉和它的子民们所呈现出的一幅既平凡寻常而又波澜壮阔的图景——更准确地说，是那幅图景中的一角。

作为一个写作者，我的目的只有一个，也即，在这部以个体书写集体、以细节呈现宏阔的作品中，我想通过他们对于长江的"看见"再一次"看见"长江——同时也希望更多的人也能再一次"看见"长江，而在他们对于145.5千米的长江武汉段的守护中，我也希望自己和更多的人能再一次"看见"6397千米的长江的被守护——是的，它们当然值得被"看见"。

事实上，正是因为跟他们不断接触，我才知道在武汉还有一群与长江和保护长江关系极为密切的人，才知道与长江有关的那些我之前无从知晓的种种内容——禁渔、上岸、指标、治污、规划、管理、建设、研究、传播、展示、环境、物种、生态、流域……这些内容甚至可以无穷无尽地列举下去。应该承认的是，他们每一个人——即使是江滩上那些捡拾垃圾的无名志愿者和宣讲员——所从事的，几乎都为我填补了这样那样的空白和盲点。

是的，如前所言，我对长江的关注和了解停留在形而上的层面，那种形而上脱离了它的所有现实内容，指向于一种文学化、浪漫化和修辞化的想象；而他们却完全不同，在他们那里长江是形而下层面的，是可见可及的，是具体而微的，它有着某种具体确定的内容和形式。在某种意义上，正是因为他们——这些参与着保护长江的人们，才校正了我——当然也包括跟我一样的人——对长江的认识，他们给我带来了一场关于长江的"教育"。从某种意义上说，他们让我重新收获了一条长江——一条与我之前认识的完全不同的长江。

也许只有这些还不够——并非"知识"层面上的不够，而是"感受"层面上的不够。在将来的某个时间里，我还应该再进一步——就像佐田雅志在44年前所做的那样，以最直接的方式去重新认识长江——至少是武汉段的长江，去置身于它在武汉范围内的那些流经之地，见证它对于这座城市的塑造，把那些虚泛的"知识"去锚定在一个个具体的支点之上。

当然，这145.5千米相比于长江的总长度6397千米并不算什么，它不在最初的源头，也不在最后的入海口，无论风景还是地段也都算不上最有代表性的部分。很难说这样的行走会产生什么实质性的意义，不过我还是非常渴望采用中国文人自古以来就一直在践行的这种方式去丈量长江的一段，或者说以此树立一个标志——我对长江重新认识上的标志。

是的，无论在哪一种向度上，这都不啻于我对长江认知上的一道分水岭。事实上，只有通过这样的方式，才能把一条现实意义上的长江切实内化在一个人的感受和记忆之中，它既不虚蹈，也不凌空，而是以一种扑面而来和所见即所得的方式压实了我关于长江的认知之中那些过于文学化、浪漫化和修辞化的部分。而且我也坚信，这样的认知改变对于我——以及像我一样的写作者——来说，事实上是一件特别有助益的事情，它让我写下的关于长江的每个句子、每个字词甚至每个标点符号都更加结实——就像从土地里长出来的。

长江大保护，人人有责，我当然也不例外。不过应该承认的是，作为一个写作者，我对它的直接参与等于零。我所能做的，仅仅是把武汉在长江大保护中的种种努力穿引起来，仅仅是采访一些与这个领域相关的人和事——也难免挂一漏万，仅仅是把他们或细小或具体的行动以文学方式呈现出来，以一种白纸黑字的形式固定在书页之间，让茫茫人海中的读者在茫茫书海中偶然看到——如果他们中间有谁能拿起来翻一翻，也就是万幸了。

是的，我们都非常清楚的一点是，文字的力量是微弱的——而且正在以肉眼可见的速度继续微弱下去，尤其是在这个影像逐渐取代文字的流量年代。不过，作为一个写作者，我还是愿意选择相信文字的力量，愿意选择相信白纸黑字的力量，愿意选择相信这些文字被读到之后可能会产生的力量——对我来说，毕竟只有把这部关于武汉段长江大保护的作品写出来了，才有可能被更多人看到，只有被更多人看到了才可能会形成认知，只有形成了认知才可能会转化成具体的行动，写出来是第一步——很可能也是最最重要的一步。

或许，有时候我也会这样想，当年宁愿背负巨债也要坚持拍摄《长江》的佐田雅志，很可能也是出于一种同样的信念——他愿意选择相信镜头的力量，愿意选择相信画面的力量，愿意选择相信那些画面被看到之后所产生的力量。愿意选择相信，愿意选择这份相信也会被更多人相信，这是最重要的第一步，同时也意味着一种无限的可能性——记录下来对自己最有意义的，可能也就记录下来对所有人都有意义的,而且是源源不断的意义。

我相信甚至坚信,自己所书写出来的这段长江,在将来的日子里也会激发出来每一个读者的长江,无论是在认知、情感还是行动的意义上,我们都在汇流着一条时代的长江。

武汉长江大桥桥头下的一幕

　　在中国——又或者在全世界——范围内，很少有哪座城市像武汉这样，可以名正言顺地坐拥"江城"之名。长江和汉江的交汇，勾勒出了这座城市三镇四岸的基本格局，而生活在这里的1300多万人，也得以在最短的距离内感受这两条大江从身边侧流而过。万古江河，滚滚而来又滚滚而去，那些在一双双眼睛中消失的，又会在一颗颗心里面重生重现。

在金口

1

关于金口原来的名字"涂口",有一个流传甚广的传说是这样的:大禹在南方治水时,娶了当地的涂山氏女为妻,当地人因为感念大禹的治水之功,于是便将当地一条汇入长江的支流以大禹妻子的姓氏命名,称为涂水,而涂水汇入长江的入口,于是便称为涂口。而到了唐宋之际,涂水边因为发现了金矿,又改名为金水,涂口也就跟着被改称为了金口。

金口在武汉江夏,滨江临山,既得江山形胜,也得江山之聚。在向外人介绍起自己的家乡时,当地人经常会本能地先停顿一下,然后换上一种掩饰不住的表情说道:"先有的金口,后有的汉口。"当然,"天下四聚"之一的汉口镇的名气比金口还是要大多了,所以在说起金口时,他们一般又会称之为"小汉口"——别看在前面加了一个"小"字,不过这个称呼的重音却落在了"汉口"上,那意思也就是说,金口虽然比汉口要小,但是不可小觑。

金口人对家乡的骄傲并不是没有由来的。公元401年,37岁的陶渊明在乘舟路过此地之际,就留下过一首名为《辛丑岁七月赴假还江陵夜行涂口》的诗作。东晋时期,此地还远未鼎盛,要在几百年后的北宋时期,这里才成为以商业重镇和交通要道而闻名的要地,"商贾辐辏,人烟鳞集,桅樯如林,首尾相接,百货盛集"——其繁华程度可以遥想而见。

是的,虽然近现代时光在某种程度上把金口有所遗忘——当代又加剧了这一点,让它看上去虽已经不再有鼎盛时期的面貌和气象,不过在街面上穿行时,你依然可以在街头巷尾处辨认出它拥有过的繁华痕迹,那些富有地理和时代特色的牌楼、炮台、匾额、闸口、古民居、福音堂、青石板路,以及当地人自足自洽的生活方式,无一不在细节之处呈现着这座千年古镇的昨日风华。而这一点,也是此地至今还依然吸引着众多游人的原因之一。

吸引着人们来到这里的另一原因,应该就是中山舰博物馆了。这座坐落在金口街特1号的博物馆,因为陈列着

1938年10月在武汉保卫战中被日军击沉的那条著名的军舰而广为人知。在长江江底沉睡了60年之后，在金口水域被整体打捞出水的中山舰——原名永丰舰，以其所承载的抗日英烈为国捐躯的铁血悲歌精神，而成为金口的某种独特标志。

不过，跟所有来到这里的游客的目的都不一样，我来到这里并不是为了寻访它渐渐冷却的繁盛踪迹，也不是为了凭吊历史凝集在这里的风云变幻，而是为了来采访几位巡护员的——仅仅在四年之前，他们的身份还是渔民，他们还在延续着古老的生存和生活方式。

作为武汉渔民最多的地方之一，八一渔业村历史悠久，也曾经是这里广为人知的名片和标签——仅在册的渔船就有90多条，渔民近200人。不过，在2019年12月，农业农村部发布的《关于长江流域重点水域禁捕范围和时间的通告》中明确规定，自2021年1月1日0时起实行暂定为期10年的常年禁捕，其间禁止天然渔业资源的生产性捕捞之后，这里的所有渔民都先后响应号召，短期内便"洗脚上岸"，不单彻底告别了他们的渔民身份，同时也彻底告别了他们祖祖辈辈传下来的谋生方式——而在我看来，这就是今天的"历史"。

从更长远的时间跨度来看，发生在今天的这段"历史"，无疑也正在创造未来的历史。

是的,一点儿也不夸张地说,他们,我将要见到的金口的这几位巡护员——他们此前的身份都是渔民,以及在长江流经武汉的145.5千米江段中退捕上岸的1151名前渔民——尤其是后来成为巡护员的那些前渔民,在"长江大保护"和长江"十年禁渔"国家政策的施行之下,他们在过去的三四年之中,已经以自己的方式创造出了一段可以被看见的"历史"。

作为长江历史和长江保护历史中的一部分,他们创造出的这段"历史"和为此所做出的贡献值得被看见,值得被以这样那样的方式呈现在世人的眼睛里——以及永远的记忆中。

2

八月下旬的一天,在紧邻长江的江夏区长江片区渔政执法工作站,我最先遇见的是巡护员彭运斌,他同时也是这个工作站的负责人。"我们的执法船坏了,刚才在修呢!"他一边向我解释迟到的原因,一边把我迎进一楼的办公室。刚一坐下来,他就连忙给另一位巡护员汪贤由打电话,让他快点赶来接受我的采访——他并不知道自己也是采访对象之一。

与八一渔业村的绝大多数村民一样,彭运斌在退捕上岸之前也是一位地地道道的渔民——这一点并不是他自己主动进行职业选择的结果,而是因为他的"老辈子们"(方言,指家庭中的长辈)一直都在干这一行。他用了一个词语——"鱼花子"——来形容他们的这个身份,"就像叫花子一样"。

"我们祖上一直都在金口打渔,祖祖辈辈都是打渔人,一辈辈都在船上,直到1970年才'上坡'。当时国家出台了一个政策,渔民上坡,也就是在岸上给我们建了房子,不用再住在船上了。原来我们一年四季都要住在船上,风里来雨里去,都是以船为家。"而这种世代相袭的谋生方式,也注定了彭运斌也要像父祖辈们一样生存——事实上他就是在渔船上出生的,上坡的前一年——1969年2月1日,来到这个世界上的第一天,他一睁眼看见的就是长江。

也完全可以这样说,彭运斌最早看见的不仅仅是长江,也是他祖上几代人依靠的——同时也是他自己将要依靠的——生存方式。长江金口段,这块绝佳的捕鱼之地,自古以来就是渔民们的谋生现场。而这里出产的各种鱼类也因其味道异常鲜美、富含营养价值而声名远扬,不单单是平日家宴和各个餐馆酒楼必备的食材,同时也是当地厨师们赖以展示手艺、彰显声名的不二之选。而自幼就跟随父母捕鱼的彭运斌，对这一段鱼类的丰富程度和对应的收成也有着极为深刻的记忆，就他的渔民生涯来说，也曾经有过不少的丰收纪录。

"以前捕鱼，最多的时候一天能捕起来上千斤。"彭运斌骄傲地向我说起当年的盛景。

是的，对彭运斌这样的渔民来说，捕鱼就像农民种庄稼一样，是天经地义的职业，再自然不过了。所以在长江"十年禁渔"的政策出台之后，他和很多人一样，最开始也不太能接受——除了难以割舍那种已经持续几代人的谋生方式之外，更多的是对未来日子的担心。

"接受不了是因为什么呢？因为没有生活保障啊！我们原来捕鱼，可能比在厂里打工的收入要高一些，是不是啊？所以当时不太接受得了。年轻人还接受得了，老一辈的，像五六十岁的就接受不了，他们上岸之后，就没有了生活来源，只能靠捕鱼为生，这也是很现实的情况。后来社区开会，给一些渔民安排了工作，大家慢慢有了生活保障，基本上就都可以接受了。"

"就我自己来说，当时退捕，把那个钱都给我算了，我夫妻两个算了十五万元，渔船算了十一万多元钱吧，一共是相当于二十六万元，这样我们就可以接受了。为什么能接受了呢？因为有了生活保障啊，说实话，我也没有想到能够到这里来上班，政府给我们没有到六十岁的人都安排了工作，像我们是来做了巡护员，有的人就分到了工厂。所以总的来说，每家每户上交渔船之后，有政策补贴，也有职业培训，未来也有了出路。"

在告别相处了20多年的渔船，也告别了吃了半辈子的长江鱼之后，彭运斌和妻子结束了祖祖辈辈们持续了数代的以捕鱼为生的传统生计，开启上岸之后的另一种生活——他成了一名渔政巡护员，而他的妻子，也被安排在了金口街花园社区，从事公益性岗位工作。

彭运斌和与他一样的九位巡护员，再一次在祖辈和自己曾经工作的地方"工作"，只是工作内容却完全不一样了，从原来的捕鱼变成了现在的护鱼——巡查长江和干流里面是否有违规钓鱼、偷鱼、下丝网、撒网、船只等操作，协助当地渔政站对长达60千米的长江岸线和沿江内河段面进行巡查，及时发现和参与打击处理违法捕捞行为。"我们的主要工作就是沿堤巡逻啊，基本上是二十四小时不间断地巡逻，就算夜里也会安排人巡逻。"

在彭运斌看来，他们做的这份工作不单单可以维持自己的生计，而且对于长江近年来的鱼类和生态恢复也有着很大的助力："这几年，长江的变化确实非常大，其实不用说，我们都是可以实实在在看得到的。""现在长江禁捕，让我们渔民改行，对生态肯定也是有好处的，而且从我们自己来说，也是响应国家长江大保护的号召，我们家靠着长江生存，吃了这么多年的长江鱼，现在禁捕了，能来做一名巡护员，也算是为长江做贡献嘛。"

3

比彭运斌年长一岁的汪贤由，是在十几分钟后过来的。虽然看上去比彭运斌显得更年轻一些，也更斯文一些，不过跟前者一样，他也是一位地地道道的老渔民——区别仅仅在于他曾经"上过岸"，在鱼比较不好捕的那些年里，他去当地的一家工厂里做过十年工。

"就我知道的来说，我的爷爷辈、爷爷的父亲一辈，都是捕鱼的。1970年'上坡'后，我们算是在岸上有家了，但还是以捕鱼为主。这一行就是上传下效，基本上都按照原来的做。老一辈没读过什么书，到我们这一辈才多少读了一点书。我是读了初中，下学了就开始做渔民，后来鱼比较不好捕，就在周边的厂里面做工。因为我们渔民有特殊性，我们是居民性质，没有土地，别人招工我们可以进去，所以中途有十年'上岸'了。后来工厂也不景气嘛，我就捡起自己的老本行,继续捕鱼,也捕了二十好几年。"

"当时主要是在金口这一带捕鱼,偶尔也会上湖南岳阳一带。原来到处都可以捕鱼的,只要当地的渔政出一个东西,证明我们是正规渔民,我们就可以去捕,没有地域限制。"

在汪贤由看来,自己那段靠捕鱼为生的日子过得"还算可以"。"我们干这一行,其实就跟农民种地一样,也是靠天收:水大的话,我们的收成就好一点;如果水小,那收成就会差一些。一般来说,在正常的情况下,就是在一家人的生活开支之后,比如吃了喝了,比如人情世故花销,比如吃穿用度啊什么的,一年下来落个三五万元钱是没有大问题的。"

可能正因为这样,在"长江十年禁渔计划"的政策出台之后,汪贤由也有过一定程度的心理挣扎:"肯定有不舍啊,之前我们捕鱼是这样的:第一,没有什么限制,想搞就可以搞,比如身体状态好一点,就可以多做一点,多劳多得;第二呢,我们当时都没到退休年龄,去做工的话工厂也不要,所以当时对我们个人来说,('十年禁渔')还是有一定影响的。"

不舍归不舍,但汪贤由最后还是觉得应该响应国家的号召:"我们当地政府、街道办、禁捕办,给我们连续开了两天会,讲了相应的法律法规,也说是为了子孙后代着想。

当时尽管有些想不通，但是也没有办法，所以基本上百分之九十九点九九的渔民都是蛮支持的，很快就交了渔船渔具。我们是2020年7月之前交的，比其他地方还提前了半年。"

而禁捕之后的补偿，也让汪贤由感到很满意。"补贴都执行得比较到位，就我知道的来说，江夏区做得比较到位，给我们都上了社保，一次性交了十五年，保证退休了有工资可以拿。渔船渔具的补贴另算，好像十几万元吧，也发放得很及时，没有超过两个礼拜，七八天就到账了。社保稍微晚了几天，因为要摸底嘛，但也没有超过两个礼拜。"

接下来，让汪贤由没有想到的是，他们这些"洗脚上岸"之后的渔民——尤其是那些还没有到退休年龄的渔民，在拿到补贴款、上了社保之后，还能通过公益性岗位安置、企业吸纳、自主创业等方式得到一份相应的就业安置保障。后来，在区禁捕办招聘渔政巡护员的时候，汪贤由主动报了名且幸运地被选中——变成了渔政执法站的一名巡护员。

"我们现在的日常工作就是巡护，主要就是在金口这一带32.6千米的一些重要水域，像双窑啊，徐州号啊，石矶山啊，丰台沙场啊，中山舰这一带啊，我们本身没有执法权，主要是以巡查为主，现在非法捕捞的情况不能说完全没有，但是相比来说比较少了。反正我们是保持二十四小时随时待命,正常上班的话,是八个小时;如果有了突发事件,或者发现了违法情况,需要我们维护的,我们随叫随到,没有时间限制。"

平日里,汪贤由等巡护员除了要在岸上巡逻,还要在水中巡逻,以岸上和水中的联动保证长江禁渔政策的全面深入执行——而与此同时,现代科技也在他们的工作中发挥了很大作用。"现在我们还有'渔政天眼',"汪贤由不无得意地说,"在金口32.6千米的江段上,全部都安装有'天眼',一共安装了12个,基本上实现了江段的全覆盖,可以有效地监控到河面、江面上的情况,无论白天晚上都可以看得到,晚上甚至看得更清楚一些。"

对于这份与出船打渔比起来同样可以算是风里来雨里去的工作,汪贤由流露出一种显而易见的热爱。当我问起原因时,他的解释是这样的:"对于长江这条母亲河,我们还是有感情的,有一份亲切感,还是应该要维护好。我年纪不算很大,但也快六十岁了,可以说,在长江边活了一辈子,我两天不到江边来,心里还有点儿不舍,有点空。"

对于长江近些年来尤其是在全面禁渔之后的变化,汪贤由也有着最为切身的体会。怕我不相信,他向前倾了倾身子说道:"真的变化挺大的,现在我就可以带你到现场去看,你在江边站上两分钟,马上就可以看到有鱼出水,刚才我跟这个小伙子一起修船的时候,就看见了那些鱼在炸水,到处炸,说明长江的水质明显比原来变好了。尤其是近两三年,水质是比较好的,水变得比较清澈,而且鱼本身就是净化水质的嘛,鱼多了,水质也会变好。"

像是回忆起来了什么,他抬手在空气中挥舞了一下说:"像以前长江里水质不好的时候,坏到什么程度呢,我们坐在这儿,就可以闻得到一股腥臭味,现在就完全闻不到了。"

随着长江水质恢复的,还有鱼类的多样性。汪贤由说:"各种鱼类也都在恢复,像我们当地叫的刁子鱼,学名好像叫翘嘴鲌吧,它是圆的,鳞片比较细,跟鳡鱼有点儿像,但不是鳡鱼。在'禁渔'之前,我们打渔的时候几乎是没看到的,现在有钓友钓起来过,但他们不认识。而且原先十几年都没见过的鳟鱼,如今也经常有人能钓得到,这也证明水质在恢复,鱼类多样性回归。另外我们还看到过江豚,当时还拍了视频,心情也是非常激动的。"

如今,汪贤由对自己的工作和生活都比较满意:"禁捕后,我们的收入可以维持一家人的生活,而且现在的政策也比较好,像我爱人也是有单位的,现在她已经退休了,每个月可以拿两千多元的退休金,我这边可以拿四千元钱,维持日常的生活开支是差不多的。而且我们的生活条件基本上也都可以了,过得也都比较舒心,我儿子已经成家立业了，他有他自己的小家庭，我老婆就是带带孙子啊，我自己，还有两三年就可以退休了。"

4

长江流域重点水域"十年禁渔"的政策出台之后，武汉市划定的禁捕范围包括145.5千米的长江干流，72千米①的汉江干流，以及总面积为330.25平方千米的4个水产种质资源保护区，并在此范围内实现了渔船全部上岸、渔民全部参保、劳力全部转产——这一动作的指向范围不可谓不广、执行力度不可谓不大，当然，保护长江也的确迫切需要这样的方式。

在我——一个旁观者——的角度看来，汪贤由和那些像他一样交出渔船、退捕上岸的巡护员们，在这一过程之中做出的贡献也不可谓不引人瞩目。简单来说，他们对于长江的贡献有二：其一是积极响应长江禁渔的政策退捕上岸，其二是作为巡护员对长江的保护。

对于我的这一说法，汪贤由不好意思地摆了摆手——好像把我加在他身上的那份赞美之辞摆掉了。他说："没有没有，我们其实并没有那种感觉。就是说，我们作为一些老

---

① 数据来源：《2023年武汉水资源公报》。

巡护员啊，对长江是出于一种很自然的责任感，而且不单单是我，包括我儿子，他每次休息的时候也会自告奋勇地跟我说：'爸，我跟你一起巡护去！'他对长江也有亲切感，也传承了这个观念。像我知道的，我们祖上三四代人都是靠捕鱼为生，对长江都会有一种亲切感。"

在汪贤由说这番话的时候，我注意到了刚才与他一起进来的、穿着一身巡护员制服的那位小伙子，他一直沉默地坐在角落里。接下来，跟他聊了几句我才知道，这位1988年出生的年轻人，名字叫彭定刚，之前在附近的通用公司上过两年班。后来在巡护队队长王明武到龄退休之后，他接替他的岗位，也成了巡护队的一名巡护员，就像他的父辈们所做的那样。从某种意义上来说，他也是在替自己的父亲——或者说父辈们——从事这一行。

"我祖上也是捕鱼的，像我爸爸、爷爷他们，一直都是渔民，我从小就在船上帮忙，清清网、摇摇发动机、收拾一下船舱什么的，之前我在通用公司那边上过两年班，不过后来那边效益也不是很景气，于是我就辞职回家了。很幸运的是，正好有机会来到我们巡护队，成为一名巡护员。现在我工作的这个单位，我的同事们其实也都是我的父辈了，我和他们都很熟悉，相处得还可以，我在里面属于晚辈嘛，他们对我也都很照顾。"

接下来，汪贤由向我补充介绍道："小彭的父亲跟我们稍微隔了几岁，也是渔民，所以他从小也是在船上长大的，也是渔民的后代。小彭学历并不高，高中毕业，去通用公司上过两年班之后，就回来接替王明武做了巡护员。你也知道的，现在的大气候也不是很好，不过小彭的父辈是我们这里表现得比较好的一个渔民，他作为渔民的子弟，自己也算是个渔民。"

"其实他是这样的，"可能看出了我的疑问，汪贤由又补充道，"像小彭这一代人，他们的父辈，当年打渔也没有什么固定的场所，有时候在湖南，有时候在下江，一出去就是很多天，所以他们这一代人几乎就没有人看管，就像是放鸭子一样，所以也没能读什么书。"

对彭定刚——他比我小了五岁——来说，在离开通用之后，可能也未必就没有想过去外面的世界发展，只不过他还要面对一个非常现实的情况，那就是他做了大半辈子渔民的父母都已经七十多岁了，他也不得不考虑他们的生活——就像汪贤由所解释的那样："老实说，他留在家里做巡护员，从另一方面来讲也是为了照顾父母，毕竟都是那么大年纪的老人了，如果有个三病四痛的，也正好方便照看一下，所以也就没有再到外面去闯荡。"

不过，我的一个疑问在于，对彭定刚来说，做一名巡

15

护员是无奈之下的选择吗？出乎我意料的是，他表示自己非常喜欢现在所做的工作："对我们年轻一辈来说，这其实也就是以行动保护长江嘛，我们是在长江边土生土长长大的，现在也很应该去做这些事情。"

我大概可以理解了。是的，无论彭运斌、汪贤由还是彭定刚，他们给我的一个感受是特别特别真实。在他们那里并没有大而空的豪言壮语，也没有不着边际的浪漫情怀，在接受长江"十年禁渔"这一国家政策的过程中，他们有不舍，有挣扎，有无奈，有不理解，不过最后的最后，他们都回到了对于长江的那份感情，继而以行动践行了对家门口这条大江的守护——用汪贤由的话来说，也即"基本上百分之九十九点九九的渔民都是蛮支持的"。

但是，与其说他们接受了不能再以捕鱼为生的事实，不如说他们接受并建立了一种全新的生活方式——在根本上，还是收入有了保障，生活有了盼头，他们过上了之前的祖祖辈辈们一直都在渴望着却又难以实现的那种安稳而有未来的日子。而正是他们的这种接受本身，才建立起了"长江大保护"最牢固的底层民众基础。从某种意义上来说，这个基础的牢固程度，也决定了对长江保护的好坏程度——毕竟相比于其他人，他们是一批与长江的关系最为密切的人，长江的过去是属于他们的，长江的未来也是他们所参与创造的。

　　换句话说,无论是过去还是将来,长江都是从他们手里流出来的——这条东方大江,从他们和无数个像他们这样的人的手里,流向了更多人,也流向了那更加宽广无垠之处。

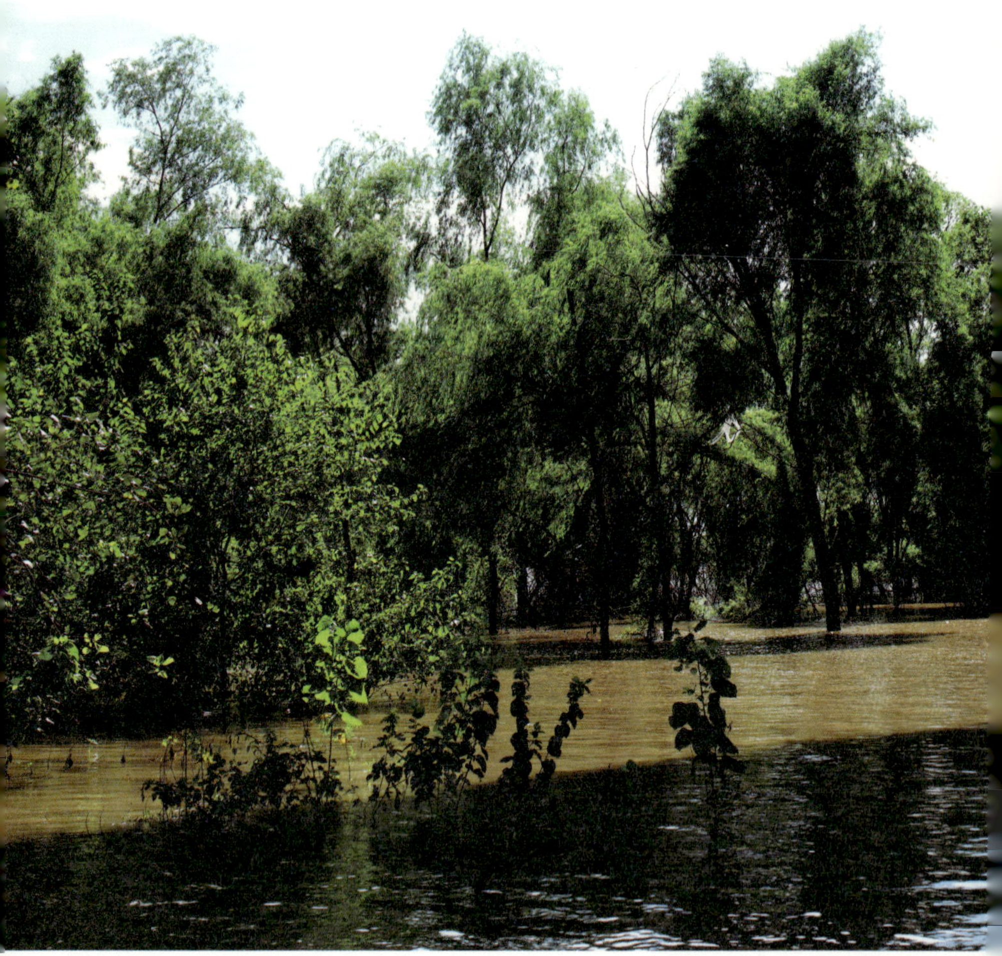

军山大桥下的江面

汛期还没有结束，那些漫上来的江水还没有消退——每年的这个时节，它们都会重新占领一次滩岸，重新拓宽一次江面。但并不是所有人都熟悉这一点。只有当你来到它面前的时候，长江才会向你呈现出它的"生长"——以及接下来的"消退"。它是变动的、具体的、形而下的，你对它所有既往的认知都会在你来到它面前时被刷新、被改写、被校正。

上岸

1

按照六度空间理论，一个人至多只需要通过六个人就能认识全世界的任意一个人，但是即便如此，要联系上武汉市经开区的巡护员也依然不是一件容易的事。在一周左右的时间里，我联系了好几个人也没能找到他——我甚至一度以为这是一个并不存在的人物。

最后，通过一位记者联系上陈贤铭之后，我在电话里说明了来意，他非常爽快地答应了。虽然答应了，但是他提出来的见面地点——军山大桥底下——却让我下意识地迟疑了几秒钟。我跟他确认道："就是在军山大桥底下吗？"他在那头说："是的噻，我们又没有办公室。"于是我马上也就明白了，从小军山到汉南段这十几千米的长江边，也就相当于这位巡护员的办公室——只是最近一段天气炎热，所以他特意选了军山大桥底下作为见面地点。

第二天上午九点多，在去约定的见面地点的路上，陈贤铭又给我打来电话说："我的嗓子今天早上哑了，会不会有影响？"听得出来，他把这场采访当成了一件要面对的"大事"。

从军山大桥上下来之后，先是沿着汉南大道拐上城陵矶大道，最后又拐上南环线，往军山大桥的方向开过去。当车子将要开到军山大桥底下的时候，我一眼就认出了正站在路边等我的陈贤铭——他上身穿了一件醒目的巡护员服装，正在四下里张望着，旁边停放着一辆喷涂有"禁渔巡护"字样的新大洲牌电瓶车，车把上斜挂着一只已经脱了线的草帽。

大桥底下还停着三辆汽车——其中的一辆，属于一位正在整理渔具的垂钓者。提着渔具从堤坝上走下去的时候，他看见了这边正在和我寒暄的陈贤铭——更准确地说，是看见了后者身上那件醒目的巡护员服装。他一脸疑虑地望着陈贤铭，不知道该不该这么"明目张胆"地从他面前走向长江边。注意到这一点后，陈贤铭主动向那位垂钓者招手说道："没有问题的，钓鱼可以钓，只要是正常垂钓都没有问题的，就是要注意安全，千万不要下水。"

接下来，我和陈贤铭也走下堤坝，穿过一段滩涂来到长江边。刚才走下来的那位垂钓者，就在距离我们几步之外的地方整理渔具。见到我们走过来，他向我们——更多是向陈贤铭——诉苦道，最近水漫上来了，钓不到什么大鱼，只能钓一钓"船钉"①这样的小鱼。

　　不过，在陈贤铭看来，船钉多了，其实也正是长江生态逐渐变好的直接证据："船钉多了，说明长江的生态恢复得相当好了。以前，长江没有实施禁捕的时候，有好多电船、迷魂阵、绝户笼，各种手段，搞得很凶，生态破坏得很厉害，所以船钉并不多见。现在生态治理了，船钉也多起来了，而且江豚——就是江猪子——也出来了，还有长江铜鱼，又叫金秋鱼，它们主要是觅食船钉一类的小鱼。它们能够游上来恢复觅食，也就是说明生态恢复得相当好了。"

　　"我自己也见过很多次江豚，今年前面两个月还见过一次。"他抬手朝着左侧下游的位置指了指说，"大概就在那一带，跟军山大桥呈四十五度角的位置，那一片就有三五群江豚——一群就是三头，它们经常是以家族为单位出现的，总共有那么十几头。"与此同时，他也跟我说起了一个关于江豚的细节——人们会用江豚的出现来预测天气情况：

---

① 船钉，学名蛇鮈，是一种小型的淡水鱼类，因体形酷似船钉而得名。

"很早以前,没有天气预报的时候,老人都是看江豚捕鱼作业,只要发现它们一露头,明后天绝对会有暴风雨。"

值得一提的是,几周之后,在武汉歌舞剧院观看那部名为《拜风》的音乐剧时,我又一次想起来陈贤铭所说的江豚能"预报天气"——它们的这一行为被形象地称为"拜风"。

不过,对于我的疑问——近年来江豚在长江的多次出现是否也能判断天气,陈贤铭当时表示,这个迹象现在虽然还有,但是已经并不再像以前那么准确了,"因为现在鱼群恢复了,数量也逐渐多了起来,江豚的食物非常充足。以前江豚的数量多,但食物少,江豚是攻击性进食嘛,现在不缺吃的了,所以它们基本上主要是处于戏水状态,觅食的情况也有,但更多是在一个地方打转,并不会到处跑。比如说这群江豚主要在这里活动,上游虽然也有食物,不过它们就不会再跑到上游去了,就在这个地方待着。以前它们都是很分散的"。

2

之所以会对长江那么熟悉,是因为陈贤铭曾经是一名职业渔民,家住长江边军山街道军江村里的他,从 13 岁就开始跟着父亲捕鱼——而再往上数，他的祖辈也是职业渔民。就像农民向土地要粮食、牧民向草原要牛羊、猎人向山野要猎物一样，陈贤铭和他的先辈们也世世代代以向长江要鱼虾为生，并在年复一年中形成了这种"靠水吃水"的生存方式。

"我捕鱼有四十多年了，以前就是家里条件差啊，又有几姊妹，辍学也比较早，所以十三岁就在船上了，当时已经等于一个正常劳动力了，就在船上搬搬罾、清清网。那个年代捕鱼也要划分地带，你像我们这个军江村，以前这一片也叫朱家湖，最早就是朱家的一个地主，他划了一片水面，当地的渔民就是给他来捕捞，不能去这个地界以外去捕捞。"

"我们家里原来就是有两条船，也就是子母船。子母船是什么概念呢，就是一条大船套一条小船。大船有十几米，用的是12匹马力那种柴油机；小船用的就是小机子，6匹马力的那种机子。距离远的时候就用大船，不好靠岸的时候就用小船，两条船基本上就够了。"

陈贤铭还记得，在起初的那些年里，捕鱼确实还能算得上一条能养家糊口的门路，那时候鱼类资源还比较丰富，几乎每次出船都有上百斤渔获。"四大家鱼基本上都能捕到。大的鲤鱼有四五十斤，大的鲇鱼甚至有七八十斤。"但是后来，随着过度捕捞和生态环境的逐渐恶化,"长江里的鱼越来越少,也越来越小,即使起早贪黑,连二三十斤鱼都很难捕到,根本养不活人。那个年代,一个人一天起码要八十元钱的人工费用,两个人就是一百六十元,再加上跑船的柴油,还有其他损耗,一天保底也要两百元,一天下来连成本都搞不回来"。

"因为我们每天都在长江里面,什么时候出鱼,什么时候不出鱼,我们都掌握得很清楚。以前长江不是没有禁渔嘛,就是搞过一段休渔期,三月到六月期间休渔,休渔期解禁之后,渔获强了一点,但是,即使正常捕捞,收获也相当少;因为社会发达了嘛,新的科技很厉害,什么超声波探鱼啊,什么电船捕捞啊,生态都被破坏了,搞得没有什么鱼了。"

作为一名靠捕鱼为生的职业渔民,陈贤铭当时不得不面临这样一个尴尬的局面——出船一趟的成本大于所捕捞的渔获,但如果不出船,又连二三十斤的渔获也没有。这个捕鱼也不是、不捕鱼也不是的尴尬局面,持续了一些年头,甚至让他一度陷入某种近乎绝望的境地——直到国家出台了长江流域十年禁渔的政策。听到这个消息之后,陈贤铭没有犹豫,二话不说,就和村里像他一样的二十多位职业渔民一起,主动上缴了两艘渔船和其他渔具,决定"洗脚上岸"——当时他打算出去打工,从事其他能谋生的门路。

对于禁渔就没有抗拒心理吗？我问道。陈贤铭叹了口气说："说实话，这其实也是大势所趋，长江当时的生态环境太差了，根本就没有什么鱼嘛。"而他没有想到的是，以渔民身份跟长江打了半辈子交道的他，接下来却又换了一重身份继续跟长江打起了交道，"后来，农业农村局下了一个政策，就是安置再就业，于是村里就推荐了我们几个渔民做巡护员，像我这样的巡护员有三个，工资也不算高，每个月3500元，过年的时候会有一些绩效"。

两相对比，陈贤铭也承认，现在做巡护员比原来做职业渔民还是"要强那么一些"，让他有了一种更加稳定的踏实之感，但是"强也强不到哪里去，饱也吃不饱，饿也饿不到"。

不过他同时也表示，做巡护员的好处倒是之前所比不了的，"最起码有一点，可以不用再待在水里了。因为我们以前经常在水里面跑，会有风湿啊什么的，如果赶上天气不好的时候，经常碰到有大风大浪，甚至还会有生命危险，现在搞了这一行，基本上就不用再担惊受怕了。而且我们家五口人，两个子女已经都工作了，生活上基本也没有什么太大的压力，现在什么行业的效益都不太好，能安排我做一名巡护员，有这么一份工作，就我个人来说已经很知足了，等到了60岁还可以正常退休"。

一开始，我还有些担心他是因为被采访才说的这番话，然而事实上我的担心有些多余了——他说这番话时候的表情告诉我，他所说的确实是心里话，而不是故意说给我听的。

3

作为巡护员，陈贤铭每天的工作，就是骑着一辆电瓶车对长江小军山至汉南段十几千米的长江沿岸进行巡护，协助渔政管理部门保护长江渔业资源、宣传禁捕政策、劝导市民文明垂钓，同时也提醒他们不要下水、防止中暑等。他每天上午八点出门，晚上五点半下班，上午和下午各跑一趟，一天下来要跑六十多千米。"我们基本上风雨无阻，周末、节假日也照旧。这样的时间，大家都休息的时候，我们反而更忙碌，压力也来了。我们虽然也会有休息，有时候倒小班休息，但就是没有固定的休息时间。"

"刚禁捕的时候，有不少人会顶风作业，躲在隐蔽的地方偷偷捕捞，但是随着多部门联合执法的日益完善，现在这类违法违规的案件已经越来越少见了。常来江边垂钓的人，都认得我们这些巡护员，现在宣传的力度也很大，他们都晓得禁捕是造福子孙后代的大事。"

"尤其是近几年，钓鱼爱好者也比较守规矩了，都是一人一竿一线一钩。我们就提醒他们保护好自身安全、别下水去捞钓具，如果碰上违规的，比如用爆炸、串钩那种多钩多竿的情况，我们也会及时劝阻，一遍遍地劝阻。我们每个人都有记录仪，如果劝阻一次两次不听，我们就会记录下来，直接交给渔政或者派出所处理。不过，违规的情况现在比较少见了。毕竟长江大保护的宣传力度也比较大，大家也都有保护生态的意识了，法治观念也很强。我们现在主要是劝钓鱼爱好者，一是不要在朋友圈里炫耀渔获，二是不要买卖。"

在陈贤铭看来，现在长江的生态环境越来越好了，鱼类资源也越来越多了："过去我们渔民很难捕到的翘嘴鲌、鳜鱼、红尾鱼，现在正常垂钓都能钓上，手艺好的，一天能钓上好几十斤！去年我还看见有个人钓到过一条鲇鱼，用手竿钓的，那鱼差不多有九十多斤。现在竿子的质量也比较好了嘛，那个人慢慢把它拖到水边，最后从水里拉上来了。"

"碰到这样的情况，你们会劝阻吗？"我问道——在我的印象中，这种体量的鱼即使钓到了可能也要放生。但是，陈贤铭的回答却出乎我的想象，他说："像这种情况，国家政策其实是允许的。就是限量嘛，一个人每次可以钓 2.5 公斤以内，比如说你钓了两三条，超过了 2.5 公斤，那就取最大值，把最大的带走，其他的放流；九十多斤的鱼虽然远远超过了这个数，但是是以最大个体来算的，他钓到一条九十多斤的，也不可能把它剁开了嘛。"

之前，在经常钓鱼的那几年，我和一些钓友最痛恨的一个现象是电鱼。我向陈贤铭反映了这一点，问他碰上这样的情况该怎么处理。他表示，原来有，但是近几年已经很少再见到了，"而且现在对于电鱼的处罚力度也非常大，被抓到之后，一是要增殖放流，二是要拘留，三还要罚款两万元以下，根本划不来嘛"！我又质疑说，电鱼的人一般都是晚上才出来，你们也不会都知道啊！这时候，陈贤铭笑着摆了摆手说："现在已经好多啦，长江沿岸基本上都安装得有电子眼，另外，还有这种情况，也属于'电子眼'嘛。"

他一边说，一边瞥了一眼就坐在旁边的那位垂钓者——我马上也就明白了他的意思。

"所以，钓鱼爱好者多了，电鱼的、网鱼的也就没有什么机会了。因为他们会举报，有时候在平台上举报，有时候打电话投诉，我们的电话 24 小时不关机，不管是什么时候，白天也好，半夜也好，我们都会过来处理。刚开始那两年举报投诉的还比较多，那时候我刚下班还没到家，举报投诉的电话就打过来了，不过现在已经好多了。你看，江边都是钓鱼的人，晚上也有很多人钓鱼，晚上的人还更多，因为晚上天气凉快啊，安静啊，三五米就有一个钓鱼的，哪还有电工、网工啊。"

从小在长江边长大的陈贤铭，对长江有着很深的感情，一方面是因为他们世世代代就住在长江边，另一方面是因为巡护员这份职业。"现在从事了巡护员这一行，我对长江就更加亲近了，每天都可以见证长江有什么样的状态，什么样的变化。现在这些植被啊，包括我们看到的对生态有破坏的意大利的一种花卉，有时候见到了，能处理的我们也都会去处理一下。还有鳄雀鳝啊，鳄龟啊之类的，什么物种都有，经常有一些人工饲养的动物也会跑出来。"

不过，让我并没有想到的是，近年来在长江沿岸经常可以见到的鱼类放生，却并非像我之前想象的那样——会更加丰富鱼类资源，反而还会对水体环境造成一定程度的破坏。

"你看过那个视频号没有，就是放生甲鱼的那个视频。"陈贤铭向我解释道，"这不是好事，现在长江里面那个甲鱼多得要死，现在我们也在杜绝放生的问题，是怎么回事呢？这些甲鱼、鱼类啊放生到长江里，长江是流水，每个地方的水温不同，会造成好多放生的鱼都存活不下来。鱼死掉了，会污染水资源，前年我就见过，放养的鱼死了一大片，比如那个财鱼、鳝鱼啊，都有人放养。我们看到一起就杜绝一起，农业农村局也给我们下达了这个要求。事实上，现在长江不需要再放养了，放养对生态会有破坏，而且它们也存活不了。"

当然，与此同时，陈贤铭也向我解释了"增殖放流"与放生的不同之处："增殖放流，放生的其实是鱼苗，它们适应野外生存的能力比较强，跟放生池塘里养的鱼还是不一样的。"

"长江十年禁捕，虽然才过去四年，但是现在已经能看到效果了。"陈贤铭说，自长江全面禁捕之后，他和同事们每天都可以看到成群的鱼在江面上戏水。"有大船开过来的时候，就可以看见成群的鱼跃出江面，还能看到江猪子在江面上逐浪、跳跃，可以说，现在长江的鱼类资源已经相当丰富了。去年就在那个南岸嘛，黑压压的一片，都是二三十斤一条的鱼，有时候甚至还会朝往来的船上跳，那些用手竿钓鱼的，忙都忙不过来！长江里现在的鱼啊，差不多相当于精养鱼塘里面的鱼，成群结队的，一个鱼群差不多有上万斤。"

4

是的,选择在军山大桥底下见面是明智的。现在正值三伏时节,阳光非常毒,幸好是听从了陈贤铭昨天的提议,此时此刻我们才得以躲在军山大桥底下享受它所带来的阴凉。

不过,作为跨越长江水道、连接蔡甸区和江夏区的一座特大桥梁,同时也是武汉市区的第四座长江大桥,这座大桥自2018年年底建成通车之后一直都很繁忙,在这个上午也不例外。在采访的间隙,从大桥上不时会传来一阵接一阵的车辆通过时的声响。好几次,我注意到陈贤铭望着不远处空阔的江面,像是陷入了对往日——又或者对未来——的思绪之中。

眼前的所见,如果让陈贤铭想起了过去在江上做渔民的那些日子,我当然可以理解。我装作若无其事地问道,现在做了巡护员,你还会不会怀念以前捕鱼时候的那种生活?

我注意到陈贤铭的眼神迟疑了一下,虽然迟疑了一下,不过最后他还是选择了遵从内心的真实想法:"唉,怀念也还是怀念的,捕鱼还是有乐趣啊!那时候我们主要是撒网,当然还有下甑子啊,下滚钩啊,都很有乐趣,但是人啊,虽然（对那些）有向往，不过还是要对自己有要求，以前到江里打渔是为了生计，现在护鱼嘛，是为了子孙后代。"

返回江堤的时候，陈贤铭又跟我畅想起了未来："我今年55岁，到了长江禁渔的第十个年头，也就是2030年，我也该要退休了。到了那时候，我会带着孙子到江边来玩，跟他说说我从打渔到护鱼的这段故事。到时候，长江里头的鱼肯定会越来越多了，生态环境也肯定会越来越好了。说个心里话，我完全可以跟我的孙子这样说：'爷爷当年多风光啊，长江没有鱼，是我们进行护鱼之后，长江才逐渐有鱼，鱼类资源才越来越丰富。'以后，我想他肯定也会跟自己的孙子去说，我们这辈人之前是怎么去保护长江、爱护生态的。"

采访结束之际，陈贤铭一边跟我挥手告别，一边又骑上他那辆新大洲牌电瓶车，沿着江堤巡护去了。而我则上车，沿着与他相反的方向乘车返回市区。从后视镜中，我注意到他那件醒目的巡护服越来越远、越来越小，直至最后消失不见。从军山大桥底下开出去之后，车子沿着南环线疾驰而行，右手边江滩上的树林被拖拽出一片白绿之光。望着那片白绿之光，我突然意识到，沿江的这一带其实也就是陈贤铭一天要跑两趟的地方——也就是他的"办公室"，它就立在那片白绿之光中，又或者说，就立在长江边的这片天地之间。

原来在江面上，现在来到了"办公室"，这就是陈贤铭以及像他一样的巡护员们在过去几年里所完成的一场"上岸"之旅。那么，又该怎么形容这场对长江具有革命性意义的行动呢？套用阿姆斯特朗登上月球之际的那句话，或许可以这么说，那是他们在长江边迈出的一小步，同时也是人类在长江边迈出的一大步——是这样吗？最起码在我看来是这样的。

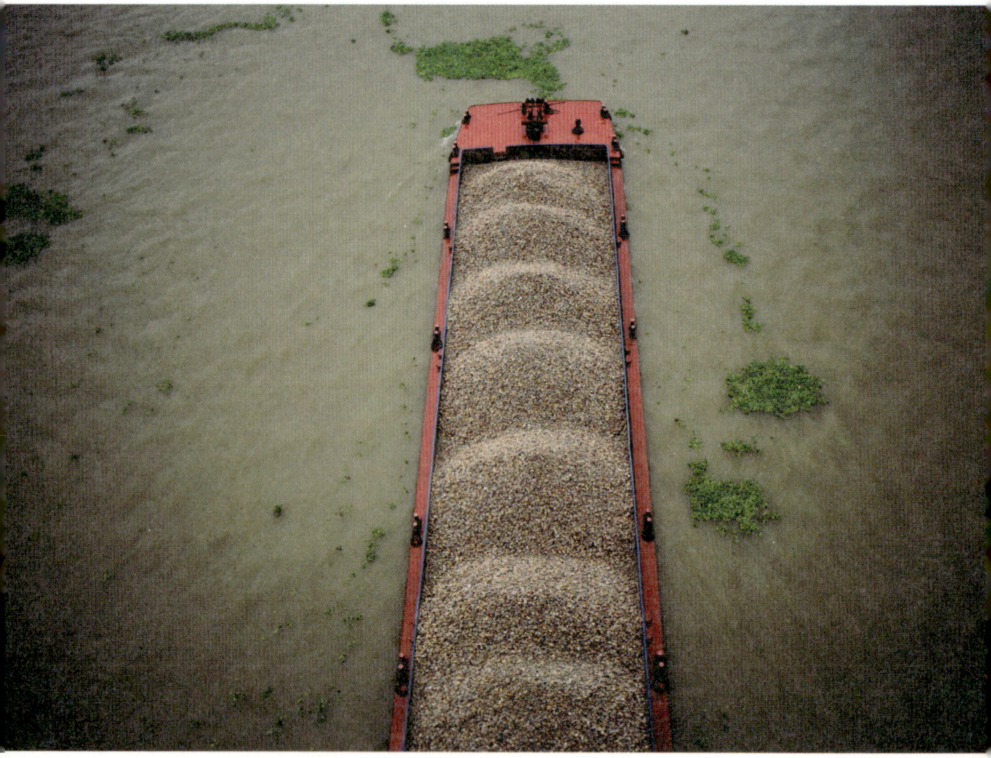

长江里的运砂船

很少有人知道的一个事实是，长江的货运量不仅全世界第一，而且超过了全世界其他前九名河流货运量的总和——2023年，长江的货运总量超过64亿吨。这一点，从江面上那些往来如梭、昼夜不停的船只就可以一窥而知，它们提供了这条大江作为"黄金水道"的最好证明，同时也构成了这条大江的内容——将会永存于那些临江眺望者的记忆之中。

桃子姐

1

见到李永桃之前,我一直以为这位武汉市水务执法总队执法管理三队二级主任科员是一位内勤人员。我们通过几次电话,她在电话中的声音、语气,以及那份带着一些谨慎的热情,甚至还让我产生了她就是那种宣传岗位工作人员的误解——老实说,我想采访一位一线执法者,所以对被安排了这样一位采访对象略感不满,一度还做好了换人的打算。

六月底的一天下午,我按照头一天约好的时间来到位于六合路的武汉水务综合大楼二楼时,李永桃已经在她的办公室门口等我了。接下来,她把我带到了她的领导、执法管理三队队长罗正旺的办公室,并陪同后者一起接受我的采访。到了这个时候，我才明白过来这次的采访对象并不是她——至少主要采访对象不是她，而是一位一线执法者——就像我之前一直期待的那样，我对她的这一安排感到非常满意，甚至在心底里产生了一种窃喜。

接下来，罗正旺向我介绍起了让执法管理三队扬名在外的三宗案例——全国首例没收非法采砂船案件、采砂入刑之后的第一例违法刑事案件、查处第一艘长江干流万吨级隐形泵案件。而在这一过程中，李永桃对三宗案件的时间、地点、人物、现场、数据等相关内容及时又极为确切的补充，以及对执法现场的还原，让我不禁开始对她刮目相看，进而意识到眼前的这位女性可能并非像我之前所想象的那样，而是有着某种重要的"独特价值"。

可能看出了我的疑惑，这时候罗正旺向我介绍起了李永桃，武汉市——同时也是湖北省——非法采砂执法一线唯一的女执法员。原来如此！原来如此！原来如此！于是，我向他们坦诚了这次的采访思路，并询问接下来能否以李永桃作为主要采访对象——事实上我几乎已经下定了这样的决心，而罗正旺完全同意这一点，在他看来，"也确实应该这样"。

"在我们这里，不管年纪大小，大家都喊她桃子姐。"在罗正旺眼里，李永桃"眼睛非常毒"，甚至比很多专家都

"毒"。几年前,李永桃在长江武穴段参加过一次省里的联合执法行动,当时现场也有很多专家,不过大家都没有对一艘隐形采砂船产生疑问,但李永桃始终觉得那条船有问题——甚至在望远镜中发现了这一点。"那段水域,桃子姐其实也不熟悉。那里不像在武汉,武汉的水域哪里能躲船我们心里都有底,那段水域是完全陌生的,桃子姐就是凭着多年的执法经验,还有长期形成的直觉发现的问题,所以当时连公安的人都说桃子姐眼睛'毒'。"

武汉市水务执法总队一共有三个执法队,每个队各有自己负责的执法范围:一队负责湖泊、水库、水资源;二队负责供水、污水、排水;三队负责河道、堤防、采砂管理。

李永桃说,自己所在的执法三队其实"存在感"并不高:"大部分人知道采砂归我们负责,大概还是在2011年,因为当时查处了一些案件,所以大部分人知道采砂是由我们来负责,但是非法采砂和普通老百姓的日常生活不怎么相关,他们的感受也没有那么强烈。过去有正规采砂区的时候,我们的任务是监督,很多工作都在岸上开展。在2011年取消采砂区之后,我们的工作重心就从岸上延伸到了江里,一年365天基本都在江面上巡查,无论白天还是夜里,从来没有间断过。"

2

作为武汉市——同时也是湖北省——非法采砂执法一线唯一的女执法员，自从告别工作了十四年的部队之后，李永桃就转业到了武汉市水务执法总队工作。自从进入这一行，她一干就是二十年。二十年来，她参与了一千多次执法行动，在长江上漂流了五千多个日夜，巡查行程超过十万千米，一直在用实际行动践行着对长江的保护。

"我是2004年11月11日来执法总队的，二十年都在同一个岗位，真的就没有挪过'窝'。中间我也有合适的机会去别的部门，领导也很关心我，有几回专门还找我谈过，说一个女同志在江面上不容易，太危险了，想给我调岗。说心里话，我并不优秀，但队里这帮人太让我感动了，跟他们在一起时间长了，也有一种患难与共的感情，我舍不得他们。而且在江面上执法也需要女同志，因为很多非法采砂船的经营者都是夫妻搭档，有女同志在场也方便一些。我当过兵，加上性格外向，还算比较泼辣，在执法方面也还算可以。2018年以前，我就是全省唯一一个在江上执法的女执法人员，全长江流域是不是唯一一个我不敢说，但在全省绝对是。"

作为一座"浮在水面上的城市",少有哪座城市能像武汉这样与水的关系那么密切,它既是长江和汉江的交汇之城,同时也河网密布、水系发达,因此也就成了打击非法采砂的重点区域。罗正旺介绍说,非法采砂的破坏性非常大:"主要有哪几块呢,一是影响通航安全,二是破坏生态环境,三是破坏渔业资源和渔业栖息地,四是造成水质污染。毕竟这些非法采砂船没有办理正规手续,生活污水、机舱里的油污是直接排到江里面的。事实上,在今天的背景下,非法采砂也会严重影响到'长江大保护'政策的实施。"

李永桃还记得,在2011年以前,长江武汉段江面上的非法采砂船还并不算多,只能看到零星的几艘,但是后来随着砂石的价格一下子翻了几十倍,非法采砂的行为就开始频频出现。"不夸张地说,就是在鹦鹉洲长江大桥没有建成之前,站在长江大桥上面,往白沙洲大桥那边一望,你可能就会看到江面上有二三十艘非法采砂船,非常之明目张胆。"

罗正旺补充道:"当时非法采砂非常猖狂,猖狂到什么地步?可以说,等于武汉整个二环线周边都存在非法采砂船,当时我们虽然也想执法,但我们水务上并没有执法艇,什么都得借别人的。如果发现了违法行为,我们自己的时效性、主动性都差一点,只有跟其他部门联合起来行动,而且当时各个部门的配合路径也存在一些问题,所以说制度层面很重要。"

李永桃记得，最初的那些年，设备和人员都不全，执法船只能靠外借，海事、公安的船，被他们借了个遍。"没有船，在岸上喊破了嗓子，（非法采砂船）也不会停下来。"而且按照相关规定，各地水务行政主管部门只有打击非法采砂行为权限，现场抓捕需要公安部门协助，所以在打击非法采砂执法过程中，水务执法者也不得不联合其他部门共同行动。

3

而在不断躲避执法者的过程中，非法采砂者也开始逐渐"升级"装备，往往在江面上看起来十分正常的一条船，很多时候就是挖空心思进行各种伪装的非法偷采船只——譬如把吸砂管隐藏在船体舱室内等。这些"易容"之后的非法采砂船，在外观上非常难以识别。

这时候，李永桃说起来她第一次见到的在船中间打洞的非法采砂船。"从2018年5月开始，除公益性采砂之外，长江在武汉市的管理范围内禁止采砂。半个月后我们接到举报，说在市中心流域有非法采砂，当晚我和同事赶过去，根本没见到采砂船，江面上只有几艘'货船'；我们转了个把小时也没发现异常，大家都以为弄错了，后来把船熄火停下来看看，这一看不当紧，发现了一艘六七米高的货船。当时我就听出不对劲，觉得它肯定有猫腻，后来等我们好不容易爬上船时，船上的人早就跳上小艇跑没影了。等把船上的防水布打开后，我们就发现船中间的甲板上有一个直径一米多的大洞，下面有一根吸砂管，一直通到江里。"

为了打击非法采砂，在过去的二十年里，李永桃和同事们遇到的危险也不计其数——在此之前，我从来没有意识到水上执法竟然也会面对经常出现在电视剧里的那种暴力场面。

"执法人员受伤是常有的事。"接下来，李永桃说起两件让她现在回想起来还记忆犹新的案例："江夏区的执法队员有一次晚上去执法，非法采砂者看见了执法船，就直接开船撞了上来，挤压造成一名执法队员气管断裂。还有一次，经开区的执法队员扣了七条非法采砂船，在处置过程中，犯罪分子突然拿出来一把菜刀，砍向了经开区的执法队队长，在他手上留下了一条10多厘米长的口子，幸好当时长航公安民警在现场，迅速控制了局面。"

一旁的罗正旺也说起这样一些案例："我的前一任，我们的一个老队长，他是1958年出生的，2014年因为实在面对不了这样的压力，就辞职不干了。他不要加工资，不要提级别，单纯就是受不了了。很多执法现场真的会产生生命危险，因为经常会跟违法采砂者对抗啊。而且，有时候一些非法采砂者也会'监视'我们的执法人员，记下执法队的船号、车号，跟踪我们。甚至还有执法者收到过威胁电话，说家住在哪里、小孩在哪里上学他们都知道。像我们桃子姐，也不止一次接到过非法采砂者威胁她和家人的电话。"

对于李永桃来说，面对这样的危险不害怕是一方面，和队友并肩作战的默契度也同样重要。"我们要求在执法过程中不落单，一个执法员不能单独行动，毕竟我们不是军人，不是特战部队，在执法过程中需要互相配合，在做笔录的过程中也要打配合。做执法笔录不是像电视剧里面演的那样，我们都知道不是那样做出来，而且那样做也是做不出来的，还要讲技巧、讲配合。心照不宣，心有灵犀，真是一个日积月累的过程，需要一定的默契度。我就觉得他们在这些方面会需要我的帮助，如果我走了，再选一个人，可能也不会比我更合适做这件事，所以我就决定留下来，跟大家一起并肩作战。说实话，我们真的是并肩作战，因为你面对的人都是一些不怕死的黑恶势力，他们没有把生命当回事。"

经过多年深入有效的打击和治理，武汉市的非法采砂几乎全面消失。"可以这样说，非法采砂行为得到了极大的遏制，由乱到治，实现了根本性的改善。从效果和数据上说也非常明显，去年我们接到的涉及非法采砂的群众举报，总共有三四起，但是经过调查后发现均不属实。我印象比较深的一个举报，就是天兴洲的一个涉水工程施工，我们去核实之后，发现不是非法采砂，而是水厂施工。今年已经过去了大半年，我们甚至没有接到一个咨询电话，更不要说举报了。以前对非法采砂的举报非常多，每个区一个月就有几十起，三四十起也很常见，甚至有时高达八十起。这些变化确实也反映了治理效果。"

但是，罗正旺也表示，对可能存在的非法采砂不能掉以轻心。"现在的采砂环境，总体来说比较稳定良好。目前我们的工作就是要保持这个稳定良好，保持正常的河道生态，不过这一点实际上也是一个互相'较劲'的过程，我们不能掉以轻心。偷采者有偷采者的利益，哪里管理得松了，他们就会往哪里钻。他们都是流窜作案的，所以对我们来说，就是要继续保持这种管理的严格，绝对不能给他们提供机会，杜绝一切偷采的可能性。"

而为了"保持这个稳定良好"，以一种常态化的机制遏制非法采砂，把可能产生的苗头杜绝掉，水务执法总队在前几年还围绕"长江大保护"的战略要求，深入贯彻实施长江保护法，积极创新执法方式，探索联动机制，在省内首创推行了长江采砂"战区制"执法机制。

长江采砂"战区制"执法机制的运行，大体上是这样的：按照管住源头、区域联合的原则，将长江、汉江流域划分为长江上游、长江下游、汉江三个采砂联管"战区",并将14个区水行政主管部门划入三个"战区",由汉南区、新洲区、蔡甸区牵头组织开展采砂联合执法工作。牵头单位在总队指导下有权统筹调度划入"战区"兄弟区局执法力量,以期打破传统区域边界,最大化地整合现有资源,在打击非法采砂的实战之中形成一股强大的合力。

这股合力的作用表现在,从2018年打击"沙霸""矿霸"黑恶犯罪专项整治行动,到2022年湖北省水利厅组织开展砂管执法战斗能力提升活动,再到2023年水利部联合四部门开展的河湖安全保护专项执法行动等,长江采砂"战区制"机制取得了一系列十分显著的成效。

而这一点,李永桃最有发言权:"如果遇到了非法采砂等行为,全都靠市里面来协调解决,时间都耽搁在路上了,有了'战区制'执法机制后,可根据现场工作需要,牵头单位进行组织,开展即时打击,提高了执法效率。2021年6月,我们接到公安部'长江大保护'领导小组办公室通知,要求协查一艘涉嫌违法船舶,在市水务局的统一调度下,三个'战区'同步开展协查行动,快速反应,接到通知后只用了20分钟,该船就被长江上游'战区'查获。"

一个并不完全的统计是,自"战区制"机制实行以来,截至2023年9月底,武汉市共开展"战区"执法85次,累计出艇390余艘次、人员3507人次，有力打击了非法采砂行为，保护了长江流域的生态环境，而这样的部门协同、合力打击，也让非法采砂行为无处遁形。

4

而在打击非法采砂取得这些成绩的背后，李永桃又付出了什么呢？二十年来，一天天的付出，一次次的危险，这些我们都想得到，当然还有我们都想不到甚至想象不到的部分。

譬如，李永桃没有孩子！得知这一点时，我冒冒失失地问道，没有孩子不会后悔吗？出乎我意料的是，她表示不但自己没有后悔过，自己的爱人也没有后悔过："因为我们两个人当时都在部队里面，因为各种原因吧，就没有要孩子，而且如果当时有了小孩，我估计也做不了这一行，有了小孩，就需要照顾家庭。当时我老公还没有转业，家里面就我一个人，又要上班，又要带孩子，也很不现实。如果有孩子，可能真的也就做不下去（这一行）了。"能看得出来，她的回答是下意识的并没有经过思考的回答，而她的表情也并没有出卖她的回答。

而在罗正旺看来，李永桃之所以能在水务执法一线坚持那么多年，也缘于她有一个感情很好的爱人，对方对她的工作支持力度非常大："桃子姐家里那位老陈，性格非常开朗，原来我们都见过的，而且我们都知道，她爱人非常关心她，几乎每天都要给她打电话。"

"每次我晚上出去，"李永桃解释说，"我毕竟在水上跑嘛，他基本上就是半梦半醒之间，不会睡得很沉。一直到现在，基本上每天中午他都会给我打一次电话，每天都会打。有时候我在外面，他早中晚都打，我同事他们都知道。但他从来没对我工作上的事情有什么埋怨，只有支持。他不是湖北人，是广东人，从部队转业后在省直机关工作，一直相当支持我的工作。说心里话，我们都是这么多年受党教育的人，他也理解我所做的工作。"

"夫妻两个都是老党员了，都在部队上很多年，素质上是很过硬的。"罗正旺补充道。

作为一位有着32年党龄、34年工龄的水务执法工作者，李永桃对从事水务执法充满自豪的同时，也对一直参与其中的"长江大保护"有着极为朴素但又异常深刻的理解。对于这一国家战略，她这么说道："'长江大保护'的效果肯定是非常好的。反正大道理我也不会讲，我就觉得这不光是保护生态，更是保护人民的生命和财产安全。我们所做的事情，都是很有必要的。实际上，我们武汉人喝的，要么是长江的水，要么是汉江的水，别说水是生命资源了，单纯从生活用水来说，就肯定是要保护的。"

不过，对于长江这些年来发生的变化，李永桃却有着最为直接的观感："最近这些年，我觉得长江越来越清了。以前我们说，冬天的时候长江的水要更加清澈一些，夏天的时候水会变得浑浊。现在夏天的江水也没那么浑浊了，这一点你也发现了吧？"

我当然发现了！事实上，也不单单是我，我想近年来所有去过长江边的人也都会发现这一点。但是，我们所有人未必就会知道，长江水越来越清与这群长江守护者的参与也有一份关系。

走出水务综合大楼时，已经是傍晚时分了。走到街口拐角处的时候，不知道为什么，我又回过头来看了一眼刚才走出来的那栋表面看起来没有什么特别之处的大楼。从某种意义上说，那栋水务综合大楼给我的印象，或许也就是我们——绝大多数人——在不了解李永桃、罗正旺以及他们的同事时对他们和他们所做的工作的印象。是的，没有多少人知道他们是做什么的，他们这些年来又做过些什么。虽然他们做的事情无论对于这座城市还是对于这座城市里的每个人都无比重要——这或许正是他们和他们所做的工作的伟大之处。

远眺王家屋锚地

锚地，港口中供船舶停泊、避风、检查、检疫、装卸和过驳编组的这片独特水域，既意味着一种结束，同时也意味着一种开始。远望如阵列的船只，现在在长江边安静地停靠着，一种动荡、节奏、秩序和忙碌也隐隐嵌含在那种安静之中。在我——一个路过者的视野中，它只是作为一种景观而存在着——那是我需要借助于想象才能抵达的"风景"。

一次执法

1

采访完李永桃和罗正旺的第二天，早上8点20分，我按照李永桃头天晚上发过来的位置——"知音号"下游，往长江二桥方向有一个蓝色的栈桥——找到了武汉市水务执法码头。进入汛期之后，江水就不断地往上漫，现在已经越过了那片芦苇荡——这也方便了那些一大早就过来钓鱼的人，现在他们只需要坐在最下面那层堤坝上，就可以度过这悠闲的一天。

过了几分钟，李永桃和罗正旺一起走了过来。他们带我通过那条蓝色的栈桥，走进一艘趸船，接着登上了停靠在那里的一艘执法船——今天上午，他们要前往30千米外的黄陂水务执法码头，与当地的水务执法人员一起对王家屋锚地的运砂船进行一次例行巡查。

对我——一个写作者——来说，参与这样的行动还是第一次。事实上，就创作所需要了解的内容素材而言，昨天的采访就已经足够，但我之所以还要参加今天的行动，是因为与想象性的置身和转述式的进入相比，前往现场才能形成更加切身的体验——只有以此打底，我才有信心把那样的现场和感受重建下来，内化在字里行间，进而抵达阅读者那里。

这可能是近期最为炎热的一天，阳光毒辣，几乎没有一丝风。过了一会儿，随着从船底传来的一阵声响和摇晃，执法船开动了——一位皮肤黝黑、一脸正气的汉子在船头的位置操纵着它。随着船速一点点加快，长江一桥逐渐距离我们越来越远——风也开始越来越大。因为很少从这个角度打量这座城市——除了少数几次坐轮渡过江，我来到二楼的甲板上，眺望着左右两岸鳞次栉比的楼群，它们正以一种"执法船的速度"快速往身后闪过去。

再回到船舱，罗正旺跟我说起了他很多年前的一个"梦想"。当时，他还没有到水务执法总队工作——甚至都不知道有这个单位，但他对长江大桥充满了向往："那个时候吧，我还老是想着，等到以后什么时候有机会了，可以从长江大桥底下穿过一次。没想到后来做了这个工作，几乎每天都会从长江大桥底下穿过,多的时候,一天要从大桥底下穿过好几次。"

与罗正旺"从长江大桥底下穿过一次"的梦想不同,李永桃的梦想正好相反:小时候,她觉得等以后长大了"一定要到长江大桥上看一看",到长江边走一走,看一看这条母亲河到底有多宽。后来,等到站在长江大桥上的时候,等到登上黄鹤楼的时候,"我发现长江确实非常宽,那种壮观、那种雄伟、那种气势,在别的地方是完全没有的。我老家在湖南常德,就在洞庭湖边上,洞庭湖也很大,不过它跟长江不一样。洞庭湖就像海,站到岳阳楼上俯瞰过去就像海,尤其烟雨朦胧的时候,但是长江呢,长江的感觉和气势是另外一种"。

现在,有着"另外一种感觉和气势"的长江江面上,船来船往,那些大大小小的船只有与我们同向的,也有与我们反向的。在快要接近长江二桥的时候,一艘有着赭红色船身的大型运输船从左前方开了过来——船舱上盖着一张巨大的帆布,下面装着满满当当的看不见是什么的货物。罗正旺举起手中的望远镜看了一会儿,接着又把望远镜递给了李永桃。

望着李永桃,我下意识地想起来昨天听到的她那些"扫眼识砂""听声辨船"的事迹。

只是在望远镜里看了一眼,李永桃就可以确定那不是一艘非法采砂船。她点了点头说道:"不像是经过改装之后的隐形采砂船,直觉上就不是,如果是的话,我应该可以感觉出来。"她对自己的经验——或者说长期以来形成的直觉——非常有信心。而接下来,罗正旺也拿出来卫星定位航迹图证明了这一点,他向我解释道:"从它的航迹图上看,确实也没有问题,如果是隐形采砂船的话,它的航迹图不完整,有些地方或者有些时段肯定会缺失。"

2

接下来,在开过去的这一路上,李永桃又向我介绍起了沿途的长江两岸。哪里叫什么名字,有什么景点,她对它们极为熟悉,甚至每个地点都去过很多次。过了一会儿,右前方的江面上隐隐地出现了一大片船只,李永桃指着那个方向对我说:"看见没,那就是王家屋锚地,来来往往的运货的船都停泊在那里。那里是武汉港的船舶停泊水域,全长差不多有4千米,有干散货锚地,也有危险品锚地,我们等会儿就是要去那里例行检查运砂船。"

在混白一片的水光和阳光中,隐约闪现如蜃楼般的那些船只,随着我们的靠近而逐渐清晰起来,直至成为眼前的现实存在。从这片武汉区域最大的锚地边穿过去的时候，我望了望一排排整齐停泊在那里的船只——差不多有上百艘，它们正在等待着卸货或者装货。

很快，就到了黄陂水务执法码头。我们乘坐的执法船刚一停靠下来，肖天喜等几位当地的执法人员就跳上了船，在船舱里寻找他们的"罗队"和"桃子姐"。看得出来，他们跟罗正旺、李永桃都非常熟悉，作为市队和区队的同行，他们多年来一起合作过无数次。一见面，他们就聊起水务执法部门接下来要面临的机构改革——一两个月后，无论罗正旺、李永桃所在的执法三队，还是肖天喜等所在的当地执法队，都将被调整到其他管理部门。

现在，面对这一并不明朗的变化，他们都表现出了某种程度的焦虑——同时还有对彼此的不舍，他们并不确定这是不是意味着会被"打散"，"今后再也不能在一起打交道了"。

李永桃和罗正旺安慰他们，具体调整到哪个部门，现在虽然还没有最终确定，但是该做的事情还是要做，"不管怎么调整，反正大家以后都还是在水务执法这个岗位上，还会继续做同样的事情，还会一起打交道"。接下来，他们又商量起了马上开展的例行执法行动。

他们开起了玩笑，说今天的例行执法行动可能是"桃子姐"在三队的"最后一次执法"了——在他们眼里，李永桃这位省、市唯一的水上女执法员，一直都是他们的榜样和骄傲。

过了一会儿，所有人都穿上了救生衣——我也分到了一件，来到两艘执法船的甲板上集结待命——我也作为其中的一员。置身于他们中间的时候，我明显能感觉到今天的行动与往日相比有点儿不太一样——是的，我确定自己可以感觉到，虽然我从未参加过或者见证过他们过去的行动。那点儿"不太一样"，现在正隐隐约约地挂在他们每个人脸上。我想，他们应该是在焦虑迟迟没有确定下来的机构改革政策，对他们来说，那不单单意味着岗位归属的变化，同时可能也意味着他们已经形成的那种关系——和情感——的变化。

在过去的这么多年里，无论罗正旺还是李永桃，都和他们中间的每个人结下了一种患难与共的感情。他们必须面对随时可能降临到头上的伤害——而共同经历的那些危险，又强化了他们对彼此的理解和认同。

集结完毕，任务下达。随着罗正旺的一声令下，今天的例行执法行动开始了，两艘执法船疾速往王家屋锚地开过去——一艘装满了砂石的几十米长的运货船就是将要被检查的对象。登上船，一位女船员从驾驶舱里走了出来，罗正旺和李永桃询问了她相关事项，又仔细查看了货运单、砂石和航运轨迹，最终确认了那是一艘正常运砂的货船。可能担心执法行动打扰到了他们，检查结束时，我听见李永桃对那位女船员说了一句——"辛苦了。"

是的，这是一次没遇到什么危险的例行巡查行动。然而并不代表所有的巡查行动都会这么顺利，尤其是在2018年以前——那时候，以暴力对抗执法行动的事件时不时会发生。

船又开动了。在返回黄陂水务执法码头的路上，我闭上眼睛，想象着此时此刻是很多年前，想象着我和李永桃、罗正旺一起来到了执法现场，想象着他们遇到的一幕幕危险场景，就像昨天下午他们为我描述过那样的画面——但是我终究难以想象出来。过了一会儿，我又睁开眼睛，望着船舱之外，阳光下那滚滚流淌的江面，阳光铺在水面上，亮堂堂的，那是今天的长江，此时此刻的长江，或者说，那也是经过了他们的无数执法行动之后的长江。

3

在黄陂水务执法码头，我们的船停稳后，肖天喜等几位当地的水务执法人员又来到船舱。这时候，一个戴着帽子、身材保持得很不错的中年男人也跟了进来,不过跟其他人不一样的是,他看上去并不像是一位水务执法人员——无论是在衣着上,还是在气质上。

他跟"桃子姐"打起了招呼,李永桃也热情地跟他回应——从彼此的语气中,能看出来他们已经非常熟悉了。他笑着向李永桃表示,自己这段时间一直在跑步健身,所以身材保持得还可以。接下来,李永桃问他:"最近有没有发现什么情况,长江上还有没有非法采砂的?"对方坐下来,很坚决地摆了摆手说:"没有,武汉肯定没有,整个湖北应该也没有。"

后来,在返航回来的途中,李永桃跟我说起那位中年男人,说他现在相当于"我们的线人",如果有什么非法采砂的情况,他肯定非常清楚,"也会主动跟我们联系"。见我不太理解,罗正旺又解释道:"他原来也是一个非法采砂的船老大,后来采砂船被我们没收了。"

"他的非法采砂船是2015年6月11日查获的,当天桃子姐巡查到武金堤新桥水域时,发现一艘改装船正在非法采砂,就迅速靠上,控制住了船上的6个人,当场下达了执法文书,扣押了船只。后来,我们严格依照《长江河道采砂管理条例》没收了他价值200多万元的非法采砂船。这在武汉市乃至全省都是第一例行政处罚没收非法采砂船的案例。当时他还经常到我们单位来扯皮,不断上访,还喝过农药,说我们把他的船没收了,等等。桃子姐每次都耐心接待,关心他的生活情况。他弟弟患有重病,桃子姐和同事多次去医院看望,还组织捐款……桃子姐做的这些事也把他感化了,他后来主动说:'保护长江,以后也算我的一份。'"

这时候,随我们一同前来的一位小伙子——一位年轻的水务执法者,向我感叹道:"执法完还能跟执法对象处成朋友,的确不容易。"而在罗正旺看来,这位非法采砂船老板的巨大转变,也正说明了执法管理者起到的作用——作为执法管理人员,严格执法固然重要,但也要讲究方式方法,不能丢掉了人情味儿,更不能为了私心私利而损害了执法者的形象。

回到水务执法码头,已经快中午十二点了,罗正旺邀请我在码头上吃午饭——一顿"正常到不能再正常"的工作餐。饭后,李永桃约了同事在江滩跑步——只有在这样的时候,她才有时间锻炼一下。我和罗正旺则穿过江滩,走出三阳门,最后在沿江大道边分手告别。

打车回去,穿过长江大桥的时候,我又想起他们说到的机构改革,想起他们隐隐约约挂在脸上的那份不舍之情,又想起罗正旺和李永桃对他们的安慰——"不管怎么调整,反正大家以后都还是在水务执法这个岗位上，还会继续做同样的事情，还会一起打交道。"望着车窗外滚滚而去的长江和远处的天际线，我不禁又回想起今天执法行动过程中的那一幕幕，以及他们昨天和今天对过去一起执法时的那些回忆，我想，那正是长江把他们凝聚在一起的原因——过去把他们凝聚在一起的那些内容，将来也仍然会把他们凝聚在一起。

  对李永桃他们的采访到这里就结尾了，然而并不是结束——在参加完这次执法行动的一个多月之后，也即8月16日下午，我收到了李永桃发来的一条信息，她告诉我他们现在已经正式转隶于武汉市生态环境局了。我给她回复信息说，新单位，老业务，祝愿平安、快乐；同时也忍不住跟她分享了一条喜讯——昨天我刚刚被武汉市生态环境局聘任为2024—2025年度的环境观察员。是的，我忍不住要跟她分享，因为在某种意义上，我们也接近于"同事"了。

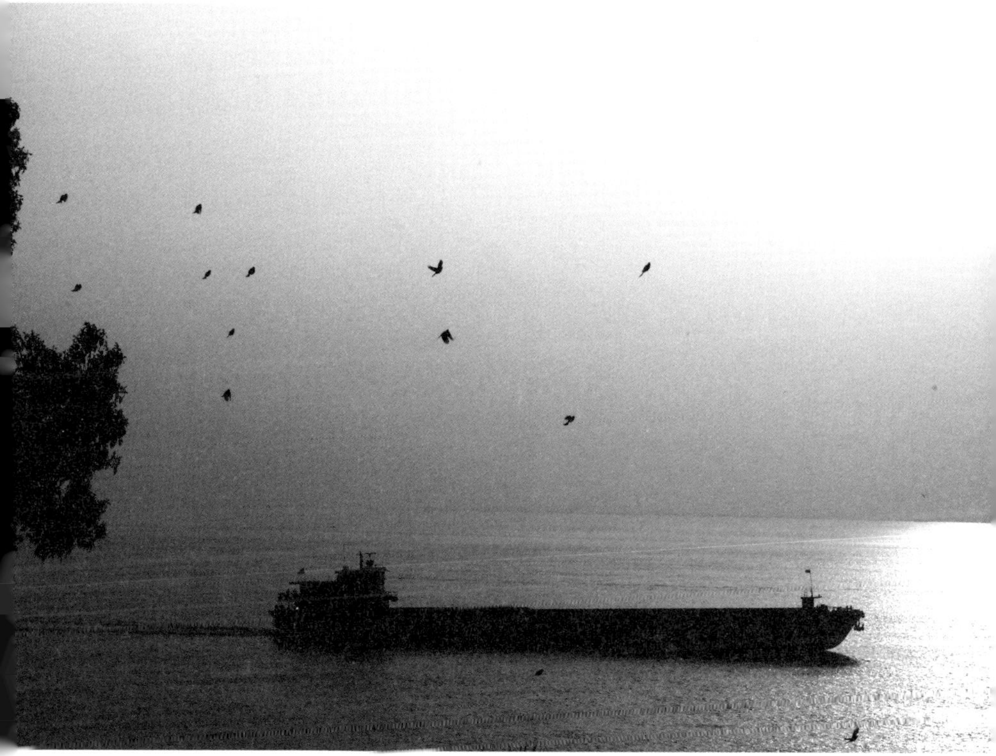

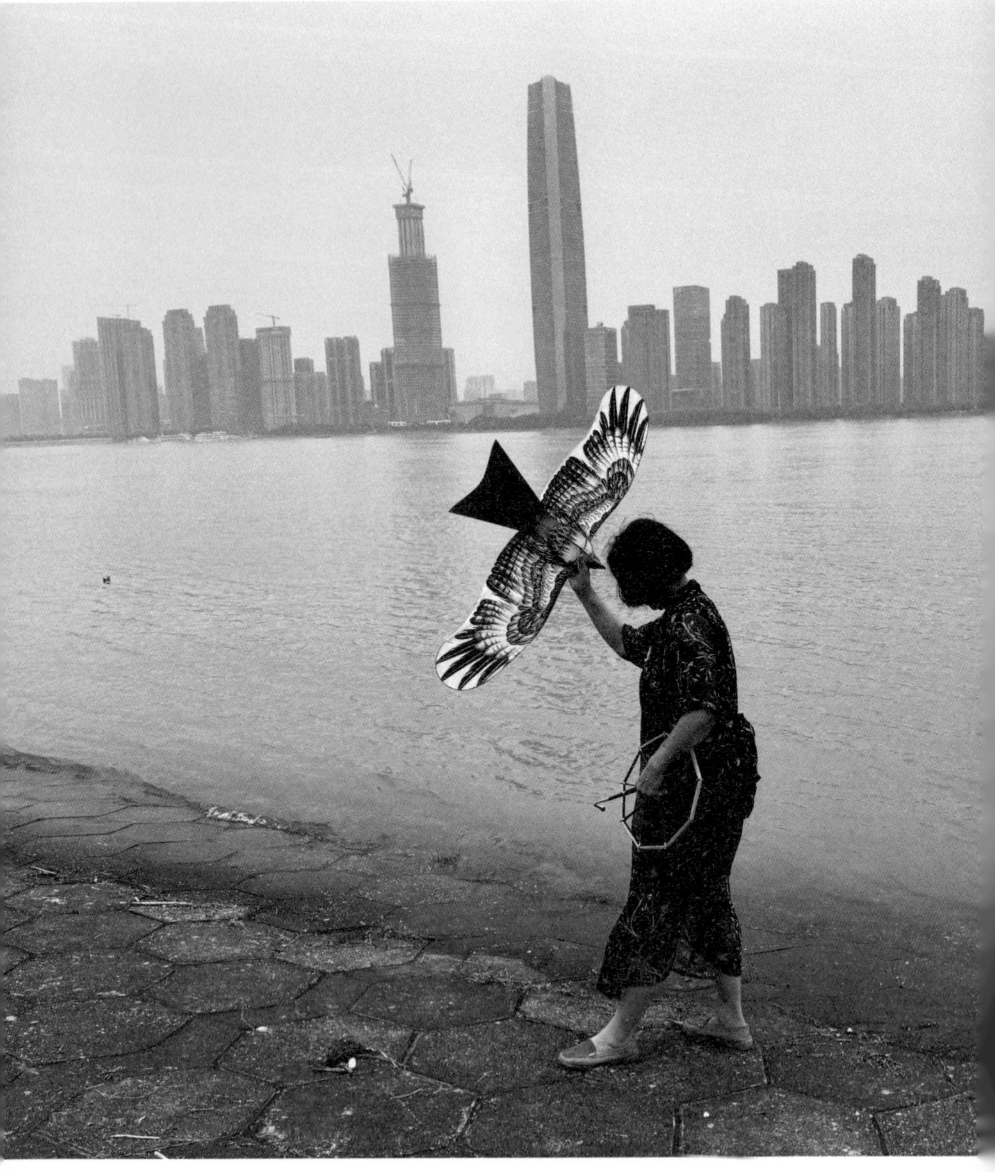

汉口江滩的一幕

江滩的奇特之处在于,你很少意识到它的存在,然而又很难离开它的存在。对于这座城市和生活在这座城市里的一千三百多万人来说,它是一种穿城而过的巨大的天然和自然,以地理的原始之力打开了空间,同时也打开了时间。那些走出家门的人,那些走出日常生活围墙的人,在江边找到了一种辽阔无尽——长江时时刻刻都在为他们准备着天地和古今。

江滩记忆

1

下午,当我到达位于汉口江滩的横渡长江博物馆门前时,高山已经到了。作为武汉市水务局规建处处长,以及这次采访的牵线人,她正在和武汉市水务局原局长傅先武、市水务局原二级巡视员张军花、市江滩管理办公室主任喻正茂聊天,同时等待着我的到来。高山把他们一一介绍给我的时候,我当即就意识到,接下来我将要通过他们走进那段决定了如今我们正置身其中的江滩面貌的历史时光——是的,从某种意义上完全可以这样说。

半个多月前,在高山的办公室里听她聊起傅先武的事迹时,我就表示想采访一下这位二十多年前汉口江滩综合整治工程的负责人,并拜托她代为居间联系。而现在,在来到横渡长江博物馆顶楼的会客室之后，我终于有机会坐在这位已经年满78岁的、早年毕业于清华大学水利系的武汉市水务局前局长旁边，听他细细讲述他参与汉口江滩建设的那段往事。

武汉自古以来就饱受水患之苦，这一点人所共知，而江滩作为直接面对江水冲击的地带，更是常受洪水侵扰。所以，作为头等大事的江堤防汛，不但成为这座城市的累，更成为这座城市的痛——是的，虽然年年不断加固堤防，但这种加固往往注重堤防的防洪作用而忽略滩岸的环境功能，使很多江滩地带长期处于闲置状态，其间散布的诸多码头、仓库、栈桥以及各类阻水建筑，更长期造成了"江城不见江""临水不见水"的尴尬局面。

虽然距离今天已经过去了整整24年，但是时至今日，傅先武仍然难以忘记2000年的那一天——那一天，他特意走进了沿江大道上紧邻着武汉客运港的棉花码头闸口，然而从某种意义上来说，他也通过走进棉花码头闸口，必然地走进了汉口江滩的改造大幕之中。

"那天我去了一趟客运港，当时让司机回去了，我一个人走进去，想看看1998年、1999年两次被淹的堤外滩地，就是从客运港到粤汉码头那一千多米的路口。从棉花码头闸口进去，我打算进去后沿着水岸边一直走到粤汉码头，但走不通，每个码头滩地之间都是很深的沟，只能从一个个闸口进进出出，边走边看，一千多米路走了两个多小时。不同年代的货栈、库房、车间、油站、饭店、娱乐城、民居，就挡在防洪墙和长江之间，把江滩通道都分隔开了，里面乱七八糟，外面一墙之隔就是繁华的沿江大道，防洪墙内外简直就是两个世界。"

那天的经历——同时那也是汉口江滩改造正式开始的一个前奏，让傅先武深深感受到在闹市区进行江滩整治的刻不容缓。而后来能参与这项整治，在他看来也是职业生涯中的一件幸事——"面对这项繁重的任务，我尽了力，没有偷懒，干成了事，尽了最大努力。"

2

汉口江滩的改造设想，尤其是当代意义上的改造设想，最早形成于20世纪70年代中期，然而此后兜兜转转，一直难以形成统一的落地方案。但是，在经历了1998年的特大洪水之后，全市各界对整治江滩的迫切性与必要性，开始有了更深一步的认识，汉口江滩综合整治工程的规划与论证也及时提上了议事日程。作为武汉市中心沿江区域的门面，汉口江滩应该重新改造，而且非改造不可；这一点虽然已经成为当时全市各界的普遍呼声，不过具体到要改造成什么样的江滩，这个决策和落地的过程却仍然不像想象中那么简单。

然而可以肯定的一点是，当时武汉各级领导对环境创新高度重视，对人与自然和谐深度关注，与之前一些年相比，大家的治江理念已经发生了巨大变化——城市防洪工程必须与环境整治紧密结合！对于武汉这个被长江贯穿的城市来说，汉口江滩改造的首要目标当然是防洪保安，不过这一改造也要将防洪堤、岸滩、水域等有机地结合起来，重建城市中心区的水环境。经过各有关部门科学论证，后来汉口江滩建设形成了明确的规划方案——在不影响防洪的前提下，通过拆除阻水建筑，疏浚河道，吹填、整理、护砌滩岸，在市中心的沿江片区形成长达7千米、总面积超过160万平方米的观江、休憩绿地。而这一方案，当时也得到了上级水行政主管部门的肯定和巨大支持。如此规划，让傅先武情绪振奋、充满期待，同时也令他非常感慨，汉口江滩的这次改造，体现的也是观念上的变化。

与之前不同，汉口江滩这次的综合整治，力求在确保防汛安全的前提下，突出江阔天高的滨江景观特色、树茂荫浓的生态绿化特色和开敞舒适的亲水休闲特色，同时又兼顾生态保护功能，建设成一处具有现代文化艺术风貌、满足公共休闲活动、充满人文关怀的标杆工程——而在此之后，无论武昌江滩还是汉阳江滩，又或者青山江滩，在市、区水务部门和干部职工的不懈努力之下，同时在各方面大力配合支持之下，逐渐"生长"出来的各处江滩，虽然建设时间不一、风格多样、各具特色，不过这种规划建设观念却一以贯之。

傅先武还清楚地记得，2001年年初，武汉市政府邀请了水利部、国家防办等多家单位的院士、专家学者对汉口江滩防洪综合治理工程进行论证。在论证会上，与会人士达成了一致意见，汉口江滩整治是城市防洪的需要，同时也是城市发展的需要，增强防洪能力和改善城市景观，这两大主体功能应该兼顾施行——以契合人与自然协调共进的治水新思路。

2001年2月5日，按照武汉市委、市政府部署，武汉外滩建设工程指挥部正式成立，汉口江滩综合整治全面展开。当时，首先面临的就是拆迁工作，事实上这也是一场不得不打的硬仗——在一千多米长的江滩上，分布着不同时期、不同权属的各类建筑以及58家企事业单位，各类建筑物总面积达9.6万平方米。不过，在市委、市政府的领导下，经过各有关部门的通力合作，工作专班在当年5月底就完成了全部拆迁工作——比原定的时间还提前了一个月。

谈到当年拆迁工作进行得如此顺利时，傅先武这么说道："除了决心坚定、科学谋划和扎实苦干之外，归根结底还是因为江滩改造深得人心，成了全市上下的共识。"

2002年年初，汉口江滩综合整治一期工程正式开工了，由此开始一期一期地建、一段一段地扩，最终连通成片，遍布两江四岸。在最初"那一个个激动人心的日夜"，傅先武甚至每天都会到项目现场察看一番。令他深有感触的是，这是一个全市通力协作的"战场"，除了水务部门外，规划、设计、市政、园林等多个部门也通力协作，大家不分你我，日夜奋战，心往一处想，劲往一处使，"所有的力量汇聚成无穷的力量，让美好蓝图变为现实"。

在开工8个月之后，汉口江滩一期建成，并于国庆节期间向公众开放。这片紧挨着沿江大道的地带，昔日围墙林立、垃圾遍地、污水横流，既阻碍江滩行洪又影响城市环境，如今以一种全新的形象呈现在公众面前——在这片以大面积绿化和公共活动空间为主的亲水生态空间，前眺可观滚滚长江和对岸天际，后望则可观江滩内景和堤内历史建筑群。

作为全国同类工程的标杆项目，综合整治之后的汉口江滩，也让傅先武再一次忙碌了起来，他经常要参与接待领导参观，以及各地调研团的参访活动。这时候，他自己又成了这片城市景观的宣传员，亲自上阵讲解汉口江滩建设的历史，讲解汉口江滩上发生的翻天覆地的变化。不过，对于这样的忙碌他是乐意的，每一次在江滩上拿起喇叭，介绍起江滩的建设过程和工程亮点之时，他都会产生一种激荡而又自豪的感觉。事实上，他能从来访者和参观者的表情中看出来那种惊喜与赞赏交加之意——"这一刻，我感受到的是认可。"

3

是的，汉口江滩的第一重功能虽然是防洪，却并不仅仅只是一项防洪工程，同时也是一项民生工程和民心工程，处处都体现了人文关怀。事实上，这一点在今天的汉口江滩中体现得尤为明显，在这里随处走一走就可以得到验证——长江文化、码头文化、渡江文化、治水文化、茶道文化、诗词文化、地方历史文化、生态文化等，种种都有所呈现。

傅先武告诉我，2003年，在汉口江滩二期即将完工之前的一个晚上，他和老伴散步时来到了工程现场。当看到临近长江二桥边的那一大片区域时，老伴问了他这么一句——这里怎么空荡荡的？太单调了！正是不经意间的这句话，让傅先武上了心，他开始考虑在这样的公共区域增加合适的文化内容。后来,他提出来要增加景观雕塑的建议,在得到大家的一致认同之后,邀请湖北美院的雕塑家郭雪教授牵头创作了一件名为《风帆》的作品。

就像《风帆》所表达的寓意那样,这件随着二期工程同时完工的雕塑作品,如同迎江行驶航船上的船帆迎风飘扬,成为一处标志性的人文景点,时至今日仍是不少游客拍照留念时的经典背景之选。后来,这件作品又加上了"汉口江滩"四个大字,它们一起组合成了汉口江滩上一处具有标志性的视觉符号。走在这里,当这件作品和这四个大字突然迎面呈现在眼前的时候,像是定格了一种既非常遥远而同时又近在眼前的感觉——在某种意义上,它提醒着这片地方曾经是一片被遗忘的区域,而同时也呈现着被改造之后的另一种样貌。

说到这里,傅先武停了下来,从口袋里掏出一张写了几行文字的白纸,说起自己从"今日头条"上看到的一个外地人来武汉考察时说过的一段话——他把对方的原话记录了下来。

"前一段时间,有个人来武汉考察科技创新,"他解释道,"他在说起武汉的景点的时候,专门谈到汉口江滩,看得我非常感慨。他有三个主要观点,我给你念一下:第一是说汉口江滩是欣赏长江风光的绝佳地点;再 个呢,汉口江滩绿树成荫，设施完善，是市民和游客休闲散步的地方；第三点我就更感动了，他说站在江滩上看着江水滚滚，远眺两岸风光的时候，心中顿时升起一种豪情壮志，对武汉这座城市的未来充满了美好的憧憬。所以我把它记了下来，武汉江滩建设那么多年，这可能是一个最好的回应，作为一个外地人，汉口江滩给他提供了一个近距离跟长江接触的机会。我们自己反而看多了，习惯了就不觉得了。"

接着，傅先武又说起汉口江滩带来的另一重视野："很多年前不是有一部电视剧嘛，叫《北京人在纽约》。那个电视剧影响很大，片头里出现的是纽约的曼哈顿，就是从水面上看城市建筑群的那个场景，其实今天的汉口江滩基本上也已经实现了这一点。现在我们从汉口江滩这边看江对面，一眼就能看到对面的城市天际线，高楼鳞次栉比。当时的汉口江滩改造，我们其实也带有一些这样的想法，只是当时可没有那么多高楼大厦。不过现在也实现得差不多了，如果再多那么几栋，那就不得了了，会非常有气派。"

而说到江滩与"长江大保护"的关系时，傅先武也给出了一些让我——当然也包括很多像我一样的人——之前完全没有想到过的解释："很多人还把江滩当成一个观鸟基地，因为这里也是好多鸟类的栖息地。很多候鸟从北方往南方过渡的时候，它们也会在江滩这个地方休息，停留一段时间,补给一下。而且,江滩也能提供一个跟江水之间的缓冲区域,这里也是自然湿地嘛,比如有芦苇的这一段,就有一定的环境修复和生态保护的作用。另外,江滩还有净化的作用,可以降低堤防及滩地部分的径流污染负荷。"

4

已经退休多年的傅先武,家就住在汉口的洞庭街附近。像那些经常到汉口江滩散步休闲的市民游客一样,他也成了这里的常客,只要一有空,他就会来到这里散步观景,感受江滩的四季风景和长江的磅礴大气——事实上,他自己也成了当年这项工程的受益者。"当然,对附近的居民来说也很好,一下楼就可以到江滩来,能够开阔视野。对人生来说,视野开阔了就会不一样,而且江滩除了休闲娱乐的功能外,宣传教育的功能其实也很强,我们一方面会有针对游客的自然教育,一方面也会组织一些课堂教育和活动教育。"

"实际上,我们的江滩改造也算是提前领会了今天的发展理念。现在我们说只搞大保护、不搞大开发,其实最早做江滩项目的理念也是一样的,就是不搞开发性的那种方案,只是可能没有后来提出来的要求这么严格,但是那个时候已经开始按照这个方向在做了。当然,你也可以说江滩改造也是一种开发，不过，这种开发就是要做成一个生态的东西，要做成一个休闲娱乐的地方，同时又不影响正常的防洪，这当然也应该算是一种保护啊！也就是说，当时也算一种开发，只不过是另外一种开发，现在这个效果已经出来了。"

二十多年来，市区水务部门都把江滩建设作为大事来抓，迄今已经建成总长80千米、总面积840万平方米的江滩景观带。除汉口江滩之外，还有武昌江滩、汉阳江滩、青山江滩以及汉江江滩。值得一提的是，2005年汉口江滩防洪及环境综合整治工程（武汉客运港至长江二桥段）获得中国建设工程鲁班奖（国家优质工程）；2017年青山江滩整治项目荣获国际C40城市奖"城市的未来"奖项——全国唯一获奖城市项目，2018年又斩获中国建筑行业工程质量最高奖项鲁班奖——位列此奖项武汉市政园林类第一；2022年武汉江滩获评国家水利风景区高质量发展标杆景区，入选水利部"红色基因水利风景区名录"。全城两江四岸的江滩地带，不单单在提高绿化率、增加碳汇量、释放氧气量等各项生态保护指标上贡献甚大，同时也是长江和汉江流经武汉时的守护者，其护佑之力一直悄无声息地施展着。

来到武汉的这10年间，虽然曾经多次前往两江四岸的江滩，但是直到今天我才意识到它们背后的这份渊源。同时我也相信，绝大多数跟我一样在这些景观带上驻足徜徉过的市民和游客，虽然早已经把它们当成了在这座城市日常生活和休闲游乐的一部分，但也未必就会知道它的渊源所在。而这一点，或许就是武汉江滩最为成功的地方——在不知不觉之中，它把大众送到了长江面前，或者更准确地反过来说，它把长江送到了大众面前。

不过，我的某种或许显得过于浪漫化的疑问在于——就我自己的印象而言，在很久以前，人和长江的关系好像更近一些，有些人就住在长江边，洗菜、洗衣服，甚至是以船为家，一年四季就住在江面上。但是在那之后，人和长江的关系却越来越远了。

针对我的这一疑问，已经退休的市水务局原二级巡视员张军花这时候解释道："其实，我跟你的想法正好相反，是的，那时候确实是有一部分人住在江边，但是绝大部分人是进不去江边的。现在有了江滩，情况就不一样了，江滩是对所有人都开放，所有人都可以进来看看长江。所以说，还是要看从哪个角度来看，可能确实有一部分人离长江更远了，但是更多人却离江更近了。这个近，也就是说人和长江的关系、和水的关系更近了。"

是的，我完全理解且认同她的解释。事实上，整个武汉江滩目前每年超过五十万人次的人流量也足以说明这一点——绝大部分人确实离长江更近了。让一条江和一座城市相遇，让一条江和生活在这座城市的一千三百多万人以及来到这座城市的无数人相遇，这或许就是武汉江滩在社会大众心灵层面所具有的意义——就"长江大保护"来说，观念建立是第一位的，可能再也没有一处场合比这里更适合让所有人面对面地认识长江、理解长江进而保护长江了。

是的，并不仅仅是因为江滩建设者的身份，即使是出于一个普通市民或外地游客的身份，无论张军花、傅先武还是他们的同事，都有足够的理由为江滩工程感到骄傲和自豪。

而傅先武随身带来的一份已经泛黄了的长江日报社《江花周刊》更是证明了这一点，在上面那篇名为《江滩情怀》的散文中，他曾经非常动情地这么写道——"如今的江滩已是城市闹中取静、忙中取闲、繁中取简的滨江风光带，两江四岸绵延近30千米，其规模世界少见。十万多株乔木郁郁葱葱，130多万平方米的草皮、灌木、花卉铺陈如画……""漫步江滩，观大江东去，百舸争流，喜看高楼群起，汀桥飞架，随处诗情画意。'江滩'已经不是一个普通的词语，而成为长江岸边我们这座城市的最耀眼的明珠，成为武汉人民的自豪。"

是的，略显华丽的辞藻，略显矫饰的文采。但是对我来说，一种吊诡的体验在于，他这些平时看起来可能会显得拔高和空洞的词句，此时此刻却恰恰充满了某种出自肺腑的真实——这也就像坐在我旁边的傅先武，他的气质与这个年代并不相符，那是一种我曾经见过的却越来越少见到的未经这个时代浸染的气质，不过那也是另一种出自肺腑的真实。

5

下午六点左右，采访临近结束的时候，我提议傅先武、张军花、高山、喻正茂等各位受访者一起前往我们所在的横渡长江博物馆的楼顶天台——一个不无自私的想法是，我期待从那个高度和角度看一看我们所置身的汉口江滩、另一侧的长江以及对岸的城市天际线。

是的，从楼顶天台上望过去，从左到右，汉口江滩公园——虽然它并非传统公园，显示出了它在这个高度和角度所看到的极为震撼的一面，从武汉客运港到粤汉码头的一期工程、从三阳路到长江二桥的二期工程和长江二桥到二七长江大桥的三期工程目前已经完全贯通为一体，历时二十多年建设、全长约 7 千米、总面积达 160 万平方米的这片滨江地带，既傍楼，又依水，形成了沿江建筑群和长江江面之间的一块巨大绿洲——如果从半空中往下看的话,那无异于这片城市版图之上更为鲜明的存在。

到了楼顶天台的另一侧,一眼望见的则是长江——江面似乎比从地面上看到的更加宽广。现在,从我们脚底下穿过的长江,也为我们呈现出了它在这个视点上可以被领略到的宏大一幕,在此岸和对岸沿江高楼组合而成的城市天际线之下,滚滚而来又滚滚而去的长江穿城而过,往左,往右,极目远眺,所见皆是长江为这座城市所勾勒出来的壮丽之景。

看着从眼前滚滚而去的这条大江,我想起来刚才傅先武所说的小时候曾经见过的长江和后来见不到了的长江——小时候他住在武昌的蛇山边,晚上还可以到长江边去走一走、看一看,但是后来,随着长江边码头、客运站、居民区等的增多,城区里几乎没有可以再看到长江的地方了,要想看到长江,就只能走到长江大桥上去了。是的,在某个并不算短的时期,生活在和来到这座以江城而著称的城市里的人们,临江却不能见江,临水却不能亲水,他们曾经熟悉的那条长江消失掉了,它在这座城市里就像是被隐藏起来了一样。

而2000年之后,自从汉口江滩修建之始——直至今天两江四岸江滩的存在,长江又回来了,再一次回到了人们的视线之中。毫无疑问，这当然应该感谢这座城市的规划者和建设者们，尤其是20多年来的江滩建设者们——而对傅先武以及像他一样的江滩建设参与者们，这或许可以算作后来的他们所赠送给以前的他们的一份礼物——一份叫长江的礼物。

不不不，或许应该这样说，这并不仅仅是后来的他们赠送给以前的他们的一份礼物，与此同时那也是他们赠送给所有在江滩上重新看见了和将要看见长江的人们的一份礼物。

这个夏日的傍晚，没有夕阳，也没有晚霞，天色阴沉沉的。在楼顶天台上转了一圈之后，我提议傅先武、张军花、高山、喻正茂站成一排，用手机给他们留下了一张背景是对岸城市天际线的合影——是的，这是我在这篇文字之外所能送给他们的唯一一份礼物。我希望我——以及更多的人能把他们此时此刻的这一幕留在记忆的深处，并在将来某一天再次回忆起来的时候，还能从他们朴素的身影和表情中找寻到一点儿关于江滩的来路。

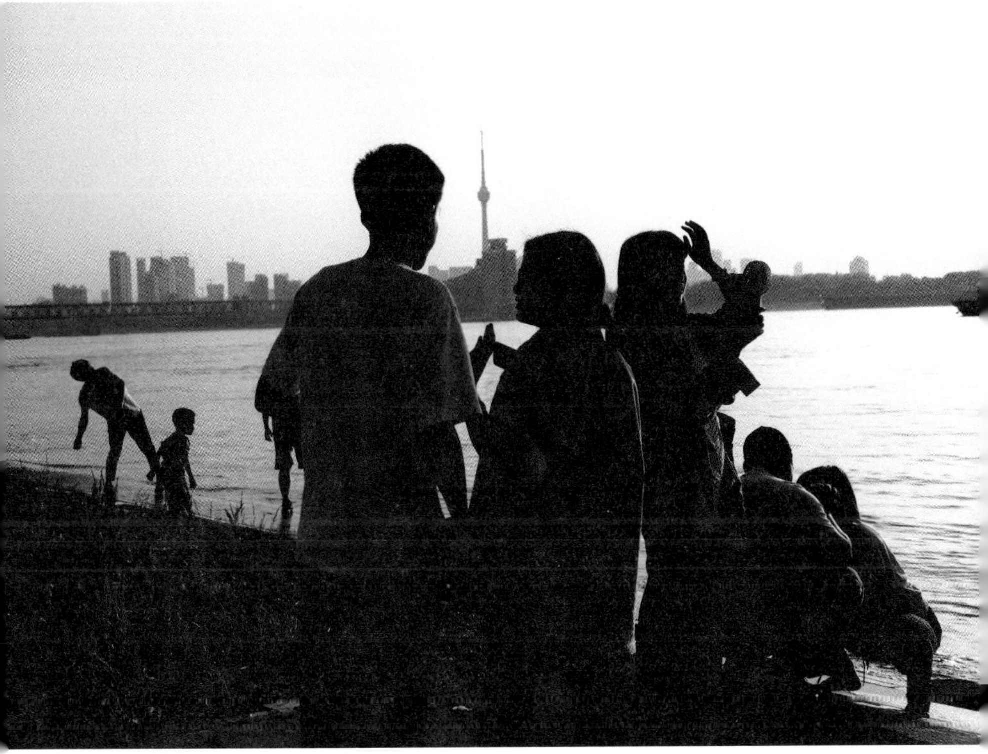

武昌江滩边的一幕

与水的亲近是人类的本能。时至今日，虽然人类与自然水域的关系越来越远，但这份亲近的本能依然没有减退。来到长江边的人，总有一些渴望着与水亲近——无论是以手碰还是以脚触的方式。对于这份亲近的渴望程度，可能正好与年龄成反比。例外的是那些常年游泳的中老年人——他们几乎每天都会以全面接触的方式和水在一起，和长江在一起。

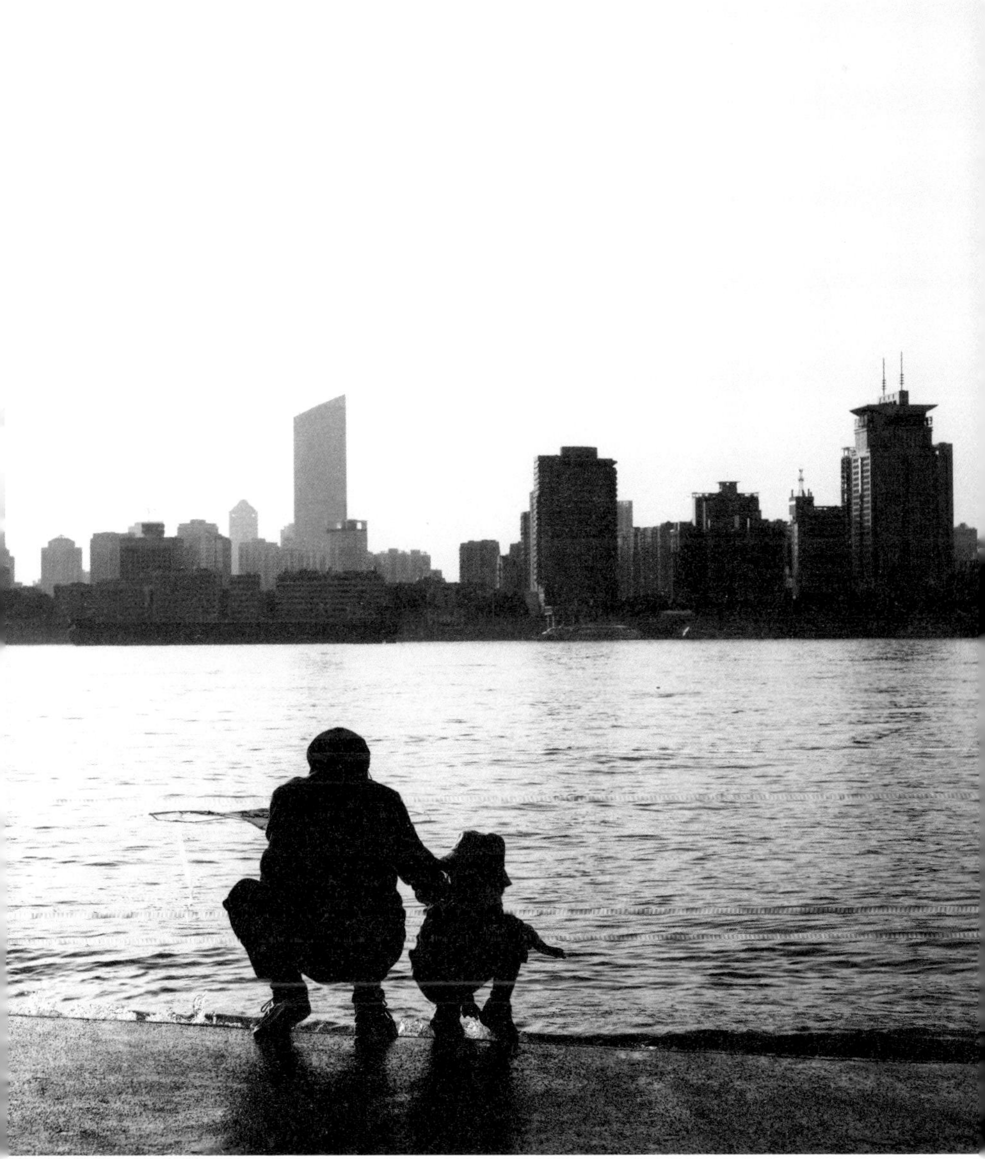

治污记

1

在国际水协会（IWA）八月份刚刚结束的世界水大会上，黄孝河、机场河水环境综合治理二期PPP项目从34个国家的108个项目中脱颖而出，荣获全球项目创新奖"卓越的项目执行与交付"类银奖。如果说外行人对这个奖项没有多少概念的话，那么水务工作者则不然，他们非常清楚这一奖项的含金量——事实上，作为全球水环境领域的最高学术组织，国际水协会两年评选一次的全球项目创新奖向来被誉为水界"诺贝尔奖"——尤为值得一提的是，这也是湖北省的项目首次获得国际水协会创新大奖。

事实上，这个项目的获奖，也渊源于这两条河段的"黑"历史：明渠5.4千米的黄孝河，东渠3.4千米、西渠2.7千米的机场河，这两条汉口地区最主要的排水通道，横跨江岸、江汉、硚口、东西湖四个行政区，收水范围覆盖了汉口中心城区82.8%的面积，区域总人口达到256万，它们的末端均排往府澴河，再进入长江；20世纪90年代以来，随着城市发展，黄孝河、机场河的活水来源慢慢被切断，河流的自净能力于是逐步丧失，从原来的"黄金水道"变成了又脏又臭的"龙须沟"，直至半明半暗的"排水渠"、黑臭的河道，一直备受居民诟病。

2016年，武汉市水务局开始启动黄孝河、机场河水环境综合治理一期工程，在黄孝河新建钢坝和截污闸，进行清淤疏浚、岸线整治、生态补水等；在机场河进行明渠段和箱涵段清淤等，但是合流制溢流污染问题仍未得到彻底解决。特别是随着黄孝河、机场河周边规划以居住区为主，流域内生活着200多万居民，整体性和系统性的综合整治迫在眉睫。

在一期工程取得初步成效之后，为了彻底整治黄孝河、机场河流域的行洪排涝能力不足、雨污处理能力不足、管网系统不完善、河道生态环境恶化等具体问题，2018年武汉市开始启动黄孝河、机场河水环境综合治理二期项目，由市区共同推进两河的水环境综合治理。依照"污涝同治、河岸同治、水城同治"的流域治理理念，在《黄孝河机场河流域水环境综合治理规划》指导下，两个河段的二期项目开展了一系列深度治理——完善流域行洪排涝系统、提升污水收集处理能力、提升雨季溢流污染控制能力、完善水体修复系统、完善管网系统、构建智慧运营管控系统，从根源上解决了两个河段的黑臭问题，提升了河道排涝能力和自净能力。

现在，对于这两条河段的整治效果，相信生活在这两条河段周边的居民们的感受是最为深刻的——近两年来，黄孝河和机场河让他们产生了一种翻天覆地的印象：原来又脏又臭的"龙须沟"，现在成为碧波清流的景观河，水质稳定在Ⅳ类——并经常达到Ⅲ类。

近两年来，作为城市溢流治理、污涝治理的典范，以及"绿水青山就是金山银山"理念在武汉市的生动实践，黄孝河、机场河流域水环境综合治理二期项目不但得到了周边居民的深入肯定和广泛的社会赞誉，同时也不断收获着各种奖项和荣誉——除了荣获国际水协会"卓越的项目执行与交付"类银奖之外，还曾经先后入选为2023年国家长江经济带生态环境警示片湖北省正面典型案例、住房和城乡建设部智慧水务典型案例、新华网"绿水青山就是金山银山"实践案例、中国城市科学研究会2024年"长江大保护"优秀实践案例、中环协生态环境保护示范工程，等等。

武汉市社科院的专家也对此表示高度赞扬，说黄孝河、机场河水环境综合治理二期项目建立了"治污＋防洪＋生态＋景观"的多维度水环境治理目标，有效改善了黄孝河、机场河流域生态环境，惠泽了汉口片区126平方千米范围内的200多万居民，大幅削减了武汉市内流入长江的合流制溢流污染，对长江武汉段水环境的稳定和提升具有十分重要的意义。

九月初的一天，我和武汉市水务科学院副院长李敏聊起了这个项目。在她看来，无论是在她参与的治污项目中，还是在武汉城市污水治理历史上，黄孝河、机场河的水环境综合治理无疑都具有里程碑式的意义——事实上，这一项目也提供了一种新的治污方式。

李敏介绍说，这两个河段的水环境治理难度极大："一点也不夸张地说，黄孝河、机场河原来真的是又黑又臭，但是经过治理之后都成了Ⅳ类水。Ⅳ类水是什么概念呢？按国家标准来说，Ⅴ类水就是环境用水，Ⅳ类水可以作为工业用水，Ⅲ类水就可以在里面游泳了，所以说治理的效果非常好。事实上，其中的难度非常大，我们不但要深入排查并修复管网，阻断外部污水渗入，提升管网效率，同时还要通过清淤、补水、绿化及生态放流等措施恢复河道的自然生态功能，而且当地的群众最开始也不是很能理解，于是我们就把污水处理所采用的相关工艺和方法都跟他们讲清楚，一遍一遍地讲，最后也都基本得到了他们的理解。"

在回顾起治理过程时，李敏补充道："当时我们在某个区的两个区域，同时要建设两个污水处理厂，一个经过协调和各方面努力，尤其是周边居民的支持，进行得还比较顺利；另一个区域要建一个更小一点的污水处理厂，也是全地下、花园式的，由于居民反对没能实施。三年过去了，第一个污水处理厂已经建成了，原来是一片杂草丛生的树林，现在就复合成了一个非常漂亮的城市公园。老百姓也很满意，这里也成为环保和科普的基地，整个人居环境的改善包括水环境的改善都产生了叠加效应。但另一个到如今还没有启动，这就是现实情况。"

"机场河也是曾经有一个设施要建，当时边上有一个居民区，这里的居民都觉得那个设施有很大的影响，多次反对，导致我们进场也非常困难。但是现在建下去之后，设施运行了一年多，环境也已经非常友好了，从来都没有收到过一次居民投诉。这也是得益于我们的建设理念，实现了对老百姓的承诺，运行工作也严格遵守了建设周期、排放限值等。建完了之后，我们也用更精细化的管理去为老百姓提供一个更好的环境服务。"

"事实上，因为每个城市发展情况不一样、河湖情况不一样，地下管网的建设情况和阶段都不一样，没有一把万能钥匙，能够打开每一个城市的水环境治理的锁，只有自己去尝试，坚持用武汉自己的方法来解决武汉的问题，同时也要充分考虑到技术和经济之间的平衡，选择一条经济效益和社会效益双赢的治理之路。在黄孝河、机场河这个项目刚开始做的时候，规划问题也讨论了好几年，因为在全世界范围内都没有一种特殊的标准，在全国范围内也没有固定的标准，完全是武汉自己把这条路给走出来了。今年项目获了奖，水环境质量提上去了，环保督察也成了正面典型，我们才能说这个是对的，是一种新的治污模式。"

2

作为一个能代表城市污水治理的创新性项目，如果说黄孝河和机场河的综合治理是武汉市近年来最为典型的治污成果的话，那么其他河段和湖泊的治理成果也同样不可小觑。

污水治理作为细分出来的一个领域，在国内起步相对较晚，缺乏成熟完善的政策和技术体系。所以在武汉市水务局污水处处长谭萤雪看来，城市污水治理工作的压力比较大，任务比较重，但也取得了一些重要突破："自己无论作为水务工作者还是普通市民，都觉得能参与这项工作非常有意义。"

作为一名水务工作者，"污水治理工作是将最脏的水变为清水，通过生态补水，对水环境产生了正效益，有一种化腐朽为神奇的感觉"。而作为一个普通市民，谭莹雪也在日常生活中有了亲身体会："因为我家也住在黄孝河旁边，我确确实实感受到黄孝河从黑臭到现在的变化。最近我还刷到过几个视频，有人房子在黄孝河边上，在视频里说，你看这边上的河政府修得蛮好，也不臭了，房子也不掉价了。这就是市民对于我们工作的一种表扬吧。"

昝玉红是河湖长制办公室主任，以前，她的办公室隔壁就是王赤兵副局长的办公室——当时他还是处长。在昝玉红的记忆中，"那时候，他们的工作主要是在治理全市的65条黑臭水体，天天忙忙碌碌、风风火火的，也不知道他们在干什么。我们河湖长制办公室当时主要在做制度建设的工作，还没有很多切实的治水工作，而他们做的就非常具体，跟我们的工作有一种强烈的反差。我自己本身是学理工科的，就对他们的工作比较感兴趣"。

而让昝玉红没有想到的是，她自己后来也成为水环境治理团队的一员。"后来，河湖长制办公室也要肩负一些治水的顶层设计内容，当时我要写一个叫'三清行动'的文件，必须了解一些水环境治理的规律和具体措施，所以就经常去请教王赤兵副局长，他就跟我们讲了一系列水环境治理的内容，比如什么是生活污水，什么是雨季的溢流污染……当时我还是第一次知道什么叫CSO，第一次知道什么叫初期雨水污染，这些对我来说都是全新的事情。"

而对于所参与的水环境治理工作，尤其是现实与目标的距离，昝玉红也深有感触地说："水环境治理确实要久久为功，但是无论环保督察还是大众期待给我们所带来的压力呢，我们可能还是要先雷厉风行地去解决老百姓身边最严重的水环境的问题，再坚持久久为功。"

在昝玉红和谭莹雪看来，武汉市近年来的水环境治理尤其是河湖治理成效非常显著。前者告诉我说："一个非常明显的对比就是，到2021年，武汉市已经全面消除了劣V类湖泊。2018年还有50多个，后来就完全清零了，而且是一直保持着清零，这是比较难得的。从历次的环保督察和投诉中也可以看出，涉水的投诉也在逐步减少，虽然有零星投诉，不过数量是在不断减少，我觉得这跟以前比起来，还是有一个比较大的成效。"

而她们的这一感受，在武汉市水务局党组成员、副局长王赤兵的介绍中也得到了相应的验证——之前在采访的时候，他还向我回忆起了记忆中的东湖和经过治理之后的东湖。

"我是1985年到1989年读的大学，当时经常在东湖的凌波门外游泳，里面的水草非常深，有一次我还被缠住，差点儿溺水；到了20世纪90年代末、新世纪初，东湖的污染已经严重得不得了，每天排入东湖的污水有34.5万吨，这个数字我一直记得清清楚楚。东湖原来是有一个每天能处理5万吨污水的污水处理厂，但是处理能力还不够，所以从2002年开始，又建设了一批污水处理厂，形成了每天能处理100万吨污水的污水处理能力，同时建设管网，不再直排生活污水。2013年最后一个排污口也关掉了，彻底结束了生活污水直接排入东湖的历史，东湖水质恶化的趋势开始得到遏制，然后慢慢治理，才有了今天的模样。"

无论是河还是湖的污染治理，在工赤兵看来，所有的城市污水问题都是"病在水里，根在岸上"，都需要从岸上找到治污的根源所在："在我看来，其实就是三个方面——'东西南北中''工农兵学商''吃喝拉撒睡'。我这么总结并不是胡乱解读中央政策，而是把中央政策的要义放在具体工作中去理解的，在主旨没有变的情况下，说得更通俗易懂一些，更形象一些。比方说'吃喝拉撒睡'指的就是生活和生产,'工农兵学商'指的就是各行各业,'东西南北中'指的是全链条和全社会,这样来通俗易懂地理解,也可以让我们的污水治理工作更好地开展。"

3

《"多快好省"的城市水环境治理探微》,这是今年8月份刚刚在武汉出版社出版的由王赤兵主编、李敏和谭萤雪副主编的一本水务著作。在见到王赤兵之前的十几分钟,我从一位工作人员那儿得知了这个消息——当时这本书还没有上市。在王赤兵的办公室里采访的时候,我向他提起了这本著作。他笑了笑说,你的消息很灵通,连这本书也知道了啊!

对于著作中提到的黄孝河、机场河水环境综合治理等治污项目,王赤兵也表示功劳属于大家:"我只是代言人,规划、建设、运行、管理方方面面,很多很多人都付出了辛劳。"

谈到"多快好省"这样的说法,王赤兵解释说:"这本书的重点,是解剖武汉市当前城市水环境问题中最为突出且棘手的溢流污染问题,在治理黄孝河、机场河这两条曾经'臭名昭著'的河流的几年时间里,我们想努力探索出一条'多、快、好、省'的治理道路。相较于传统的治理路线，'多'就是为市民提供更多的生态产品；'快'就是更迅速地达到治理目标；'好'就是从根本上解决返黑返臭，问题不反弹；'省'就是流域内单位面积的建管投入相对经济。"

不过，王赤兵与此同时也表示，这本书是被"逼"出来的，不过是那种"令人不敢偷懒、不可辜负的'逼迫'"。"事实上，就我自己来说，我哪里想写书呢？2024年3月底，上级督察和帮扶武汉市的水环境治理工作的时候，再三嘱咐我将治污实践的做法和思考写出来，所以我就不得不写了出来。当然了，这也不失为一个跟广大同业人士交流和切磋的机会。"

对于我对他原来所学专业的好奇，王赤兵反问了我一句——"你猜呢？"我只好给出了之前唯一听说过的一个与水利相关的专业——给排水！他不无得意地笑了一下，又摇了摇头说："想不到吧，其实我是学中文的。别说你不相信了，就是在水环境这个行业，也没有多少人相信，更不会想到我是学中文出身的，但我搞这个行业，也一直搞了那么多年。"

学中文出身，但是却又进了水务系统，在王赤兵看来，"这就是命，也是我的幸运"！

"我最早参加工作是在市政局,搞过人事,也搞过办公室,这两个岗位可能跟我的专业还算有点儿相关。还在市政局的时候,其实我就已经开始'涉水触水'了,后来机构改革,市政局部分职能并入了新成立的水务局,我就在水务局做办公室主任,算是'掉到水里'了。2009年,我调到污水处做了第一任处长,从这个时候开始,我就算是一直'扎进水里'了。"

"现在导致城市水环境变差的因素,最关键是生活污水。我们叫它市政污水,比如洗衣服的水、拉屎拉尿的水,还有什么呢?就是收集过来的雨水,其他的都还好。现在市区也没有污染的企业,重污染企业根本已经没得了,所以最重要的还是生活污水和由雨水混杂而形成的污水——我叫它'城市环境污染',我们所做的工作,主要也就是集中在这个上面。"

在多年以来坚持不懈的努力下,武汉市对于"城市环境污染"的处理,目前已经取得了有目共睹的显著成效。王赤兵介绍说:"在中心城区,我们有十二座污水处理厂,再加上远城区的,一共有三十多座污水处理厂,基本上可以满足目前阶段城市污水处理的需求。"

而对生活污水的治理,也对长江和汉江的水质保持有很大作用。"到目前为止,武汉段的长江和汉江长期都保持着Ⅱ类水质，这是难以想象的，说明什么呢？说明我们武汉的污水治理也在为长江和汉江做贡献。当然，雨水所带来的污染是难免的，不过从量上来说就小了很多，而且河流也有很强的自净能力。所以从'长江大保护'的角度来说，我们就是尽力把生活污水治理好，尽量减少对长江、汉江的污染排放，从源头上来实现对江河的保护。"

"而且2008年、2009年的时候，国家要求把全国污水处理厂的水质提升，这个我们也早就完成了，按照国家现在的要求，经过污水处理厂处理之后能够直接排入长江的水，是什么标准呢？是一级A。一级A是什么概念呢？就是看起来非常清亮，但是有一些污染指标还很高，不过通过河流自身的净化可以降下来的水。现在武汉排放到长江和汉江的水，水质全部在一级A以上，这也是《中华人民共和国长江保护法》出台后的要求。我们已经实现了，所以对'长江大保护'来说，我们的污水处理一步一个台阶，一直在践行相关的标准和要求。"

4

作为武汉市水务局的二级单位，武汉市水务科学院承担着为水务局相关业务提供学术支撑、规划咨询、前期工作研究、决策服务等科研任务，具体业务范围涵盖了整个水务行业，既有水利行业的防洪、排涝、抗旱，也有水库、大坝、堤防的整体防护规划和市政领域供水、排水、污水的规划咨询科研工作——现在还延伸到了水环境方面的研究。

作为武汉市水务科学院副院长，李敏和同事们所开展的一系列水务科研工作，不仅需要扎扎实实的专业知识，还需要有专业精神，走出实验室，对现实情况进行实地了解。"从事水务科研工作，我们一定需要建立起来具体的实地感受，王赤兵副局长就要求我们，必须要去钻下水道，去看看污水处理是怎么回事，到社区去看一下化粪池，到管网去看一下运营状况。事实上，他自己也是这么做的，他做污水处处长的时候，去过一个社区，周围有很多餐馆，到了冬天，下水道的油都凝住了，管子就堵塞了。如果不去现场看，就根本掌握不了实际状况。所以说各方面的业务都必须去实地了解，尤其是搞污水处理这个工作。"

"为了解决收集雨水这类污染源，让老百姓直观感受到雨雪并不干净，王赤兵副局长还让我们专门测量了雨雪的污染指标，比如今天下雪，我们就把雪样采回来，测一下雪到底有没有被污染。我们在武汉三镇找几十个点，不仅采一次，要采好几次，从测量结果我们可以发现，有的地方最高污染指标达到两千多，而正常指标在两百多。这也是通过事实得出来的结论,就比如这类题目,也是王赤兵副局长想到了之后,要我们去做的研究。"

"再举一个例子,武汉和广州的历史、格局差不多,但治污方式并不一样。王赤兵副局长发现之后,就让我们去测,广州的排水管坡度大概是千分之二度,武汉是万分之二度。我们的排水管坡度之所以没那么大,是因为武汉是平原地区,坡度不大会造成什么影响呢?造成流水速度不同,流水速度不同会造成污染物的淤积程度不同,按照国家要求,广州和武汉的生活污水处理标准一样,但因为淤积程度不同,从污水处理厂出来的污染指数就不一样。"

对于武汉和广州的污水处理,李敏进一步解释道:"广州的河涌比较多,因为它地处岭南,偏丘陵地貌,城市布局以河涌为主,而武汉是平原湖区,以湖泊为主,相对平缓一些。就污水体系而言,武汉受很多因素影响,第一个就是空间格局,空间格局受湖泊分布的分割,我们要跨河、跨湖去布局,所以整个体系的长度很长;再一个就是坡度,武汉非常平缓,污水流通基本上要靠重力,流不过去的地方需要设加压站,所以污水管网的流程比较长,坡度也比较缓,这就意味着每家每户排出来的污水要经过非常长的时间才能到污水处理厂。在这个过程中发现发生的沉积也比较多,漏损也会在一些区域发生,所以就需要逐级转压,能量的消耗也比较大，对于整个体系，一旦流程复杂了之后，在管理上也会更加复杂。"

"在这种格局下，我们的污水处理要面对很多难度，第一个，是要保证最高浓度的水到污水处理厂，因为中间它会经过非常多的漏损、稀释甚至污染物的降解等，并不能保证污水处理厂处理到的水是最污染最脏的水；第二个，在这个过程中，我们要给它足够的能量投入，这个也是有难度的；第三个，就是需要跨湖跨河，在建设过程中要做非常多的节点，这些节点的投入和管理难度非常大，导致整个体系的建设和运营面临很多的困难。"

事实上，虽然同样是从事研究的科研机构，但不同之处在于，如何将理论与实践有效结合才是李敏和同事们更需要面对的重点："我们跟华科、武大、武汉理工大的学者，包括院士团队，也都有很多交流和合作，他们的研究偏向于技术细节和方法论，不过在解决现实问题的时候，则需要结合实际需求，逻辑性和交叉性是比较强的。解决现实问题不能靠单一的学术研究，而是需要多领域的研究相互交叉、综合协调。"

"就污水处理来说，关于污水处理工艺的学术研究其实非常多，比如说生物的工艺改进、低碳等，但是整个污水处理体系，包括污水以及溢流污染的收集、输送、处理、排放，这个全过程的布局、建设、管理，学术研究的统筹性是相对比较弱的，这也是我们需要着力的地方。如果说到河湖的水环境治理，这个课题就更大了，这方面的研究其实更弱，河湖治理的学术研究是一个复杂学科，现在也没有大学开设专门的河湖治理专业。在河湖治理板块，学术问题和现实问题更需要整合，更需要多学科交叉性地去解决现实问题。"

"举一个简单的例子，关于污染控制。在下雨的时候，污染通过硬化地面的冲刷进入湖泊，湖泊里有什么样的交换，怎么把污染取出来，这一整套流程的研究是比较单一的。我们需要把这一套体系结合在一起，把机理研究清楚，同时还需要把这个机理转化成设计标准和考核标准，去指导建设、运行、维护、管理，这一套流程还需要系统地研究和实践。"

在水务系统工作了近20年的李敏，对于多个板块的水务科研都有所参与，既参与过供水研究，也参与过内涝治理研究。最近的五到十年，她在污水治理、水环境治理方面投入的精力相对更多一些——而这一点也反映出污水治理和水环境治理这一复杂体系的难度。

"第一个就是多学科交叉的问题，我参与过一个跨区跨市湖泊的治理，在做这个项目负责人的时候，就需要掌握很多学科的知识，比如水动力学的知识、生态学的知识、农业面源治理的知识、城镇污染治理的知识、工程结构的知识、污染物迁移规律的知识、水力学的知识甚至气象学的知识，我要了解这些内容的相关性，才能对机理进行一些准确的把握。第二个，还要面临跨部门协调的问题，包括环保、水利、生态、农业等，水环境治理与这些部门都是分不开的，各个部门的职责边界可能都有明确规定，但到了具体事项中，这个边界并不可能定量，不可能那么清晰地呈现，所以在整个治理路径的推进过程中，还要涉及统一协调的问题——到目前为止，我觉得这可能是摆在我面前的一个最大的问题。"

不过，即使在工作中遇到这样那样的诸多难题，李敏也对此表示出了某种乐观："挑战和机遇实际上是并存的，我从业这么多年，可以说一直在学习的过程中，到了现在这个阶段，容易解决的问题前面都得到了解决，面临的问题更加复杂。不过，武汉市政府的投入和决心还是比较大的，这方面受到全国关注度也是比较高的，非常多的技术力量都在往这里汇集，参与者也比较多，包括央企、国外的技术机构、政府工作者和基层的一线人员等，而且新技术也在不断迭代之中。武汉确实是一个比较好的试点，有很多政策法规的探索、工程案例的实践、管理模式的突破和科技成果的创新,为水环境治理提供了丰富的舞台和空间。"

5

在采访王赤兵的过程中,我越来越有一种感觉,这是一个非常懂行的专业水务管理者。但是与此同时,我也越来越有一种疑问,我的疑问在于,一个中文系出身的人从事那么专业的水务管理工作,这中间的跨越显然并非朝夕之功,他究竟是靠什么去实现的这种跨越?

王赤兵表示:"说实在的,我们干这个事情,不完全是靠所学的专业。我觉得有专业基础更好,但更重要的是专业精神,就拿我自己来说,最初我也不知道什么叫COD。什么叫COD呢?翻译过来就是'化学需氧量',它是一个能较快测定的有机物污染参数,是一个综合指标,但它并不是一种肉眼可以看到的东西。最开始我连这都不懂,还请教了很多人,后来我按自己的理解把它说通了,比如温度,温度看得到吗?什么颜色?什么形状?你可以感觉到它的高或低,也可以测定,但你摸不到也闻不到,COD也是这样。这些知识重要吗?很重要,是关键因素,但是我也不可能像学者那样精通,所以我觉得主要是靠专业精神,而不完全是专业知识。"

是的,城市污水处理是一项复合度极高的综合性系统工程。一方面,我完全理解王赤兵作为一位行业管理者的意思,要想干好这项专业性很强的工作,所靠的除了相关专业知识之外,还要仰赖于专业精神;而另一方面,我也非常同意李敏的看法,污水治理和水环境治理是一个非常复杂的体系,既涉及多学科交叉的专业知识,也涉及跨部门的协调配合。

而就更大的范围来说,要想干好污水治理工作,在专业知识和专业精神之外,或许还要有"非专业的部分"——无论是道德的、情感的还是情怀的,从某种意义上来说,这个"非专业的部分"可能也决定了专业部分所能抵达的广度和深度。在王赤兵、谭莹雪、昝玉红和李敏以及更多水务工作者的讲述中,我也时不时地可以感受到这种"非专业的部分"所发挥的隐形力量——虽然他们也一再表示,并不想去拔高自己的地位,从来没有觉得自己有多么"高大上"。

一如王赤兵所言:"并不是我们吹得很大很高,我们一点也不想拔高自己的地位。我有个比方,我们治水的就像脚底下穿的鞋子,在不同场合,你可以穿名牌,可以简单穿一双违和的鞋甚至草鞋,甚至不穿,因为绝大多数镜头对着你的发型、上衣的正装、脸上的粉底等，但是合脚或者光脚，可以让自己更能趋向健康和自在。我始终认为，我们搞这个事情（污水治理）是积善。有一次在汉阳墨水湖边，当时我们在治理一个排污口，有一个钓鱼的老头子就专门跑过来对我们说：'你们这是积德啊！'说真心话，他这句话还搞得我心里暖暖的，一个蛮朴素的老百姓，对我们说出这样的话，这其实才是我们最大的成就感！"

对于这一点，武汉市水务科学院副院长李敏也深有感触地说，水务工作取得的成绩并不那么容易被具象地呈现出来，所以对水务工作者来说，老百姓的认可才是最好的肯定。

在她看来，这也是工作满意度的最好体现："我们经常说到满意度，但什么是满意度？其实在我看来，老百姓对我们的满意度，也就是他们心里和思想上的温度，里面有情感，有具体的事情，还有很朴素的向往。它并不是一个数字，或者一份表格，就像刚才那个老人所说的'你们这是积德啊'，实际上这就是老百姓对我们的满意度。同时，我们水务战线上的人在做这些事情的时候，实际上也都带有自己做事的温度，这个温度其实是相互的。"

"温度"，这个在各种职业和岗位上正在逐渐消失的名词和它所对应的内容，让我想到了李敏、谭莹雪、昝玉红、王赤兵作为水务工作者在水务工作内容之外的部分——从某种意义上说，恰恰是在水务工作之外的这份"温度"，决定了他们在水务工作之内的那份"温度"。

说到这里时，我岔开所谈的话题，问起了王赤兵的日常生活，想从中找到某种答案。王赤兵坦言，他的业余生活非常简单："下班回家，尽量不去应酬。在家里自在，刷刷手机，玩玩小游戏；休息时下下厨房，整两个可口的菜，喝点小酒。要说爱好，有空鬼画乱涂几个毛笔字。"

在回答我喜欢什么字体时，他说道："你指楷书吧？我喜欢柳体，那种刚硬之气有点和我性格相合吧——我这性格不好，做事不讨喜；但是有些事不坚持住，就可能会垮下来。"

在我的坚持下，王赤兵从手机中调出几年前写的、准备过一段时间在朋友圈发出来的一幅字——内容是他自撰的一篇《治水人赋》。对于书法，我虽然是外行，但是也能感觉出来有一定的功底。

点上一支烟，王赤兵清了清嗓子，对着手机屏幕用一口武汉话念道：

守望江湖，只缘情深。
波澜烟雨，清浊昏晨。

坊街巡渍，滩涂列阵。

泉下默默，泥里沉沉。

滂滂沱沱襄总破，

淅淅沥沥梦常惊。

汗沫化汁哺嗷嗷，

涕泪织流韵嘤嘤。

春花秋月几度误，

萤虫映雪尽囊倾。

慕禹王作熊罴斗鱼三辞涛竟止，

悟屈子为鸾凤抖音九歌意难平。

誉乎荣乎毁乎谤乎，

淡之漠之醉之痴之。

唯待来日，

父老徜徉于真水无香，

童幼流连而踏浪有痕，

吾愿欣欣！

这篇《治水人赋》的内容，事实上王赤兵当时并没发给我，而是一周之后在我问起时才发过来。他同时嘱咐我："您是作家，也是朋友，我希望您看过后反馈给我真实的感受。"

我的感受，我的感受是什么呢？在我看来，这是一位中文系出身的水务工作者充满了深情真意的治水心声。王赤兵虽然没有从事与中文相关的工作，但却是在以治水的方式从文，作为一个水务工作者，他多年以来的冷暖、甘苦、尽责、无悔都含嵌在其中了。从某种意义上说，这也是这座城市的治水人的心声，对于武汉这座城市，对于这块长江和汉江的交汇之地、这座拥有166片湖泊的百湖之城、这个"浮在水面上的城市"，他们以很多人未必能看得见却能在日常生活中时刻体会到的"治水的方式"和这座城市在一起。这一点也正是武汉这座江城的幸甚之处——从保护长江的角度来说，这当然也是长江的幸甚之处。

而这篇《治水人赋》，也让我想起最早采访王赤兵时的情景。八月中旬的一天，在武汉市水务局的办公室里见到他并说明来意之后，一开始，王赤兵并没有说起黄孝河、机场河的治理项目，而是先讲起了自己心目中的"水魂"、武汉市水务局前局长傅先武的事迹，说起他对武汉水务的诸多贡献，说起他对自己的影响，一口气讲了半个多小时——眼前的采访对象，"歪楼"歪到了其他采访对象身上，这在我还是第一次遇到。当时我不太理解他的"歪楼"，不过，现在我终于可以明白了，在他和他的同事们的背后，还潜藏着一份虽然不太容易被看见但是却真实存在着的水务人的传承精神——那或许可以称为"水魂"精神。

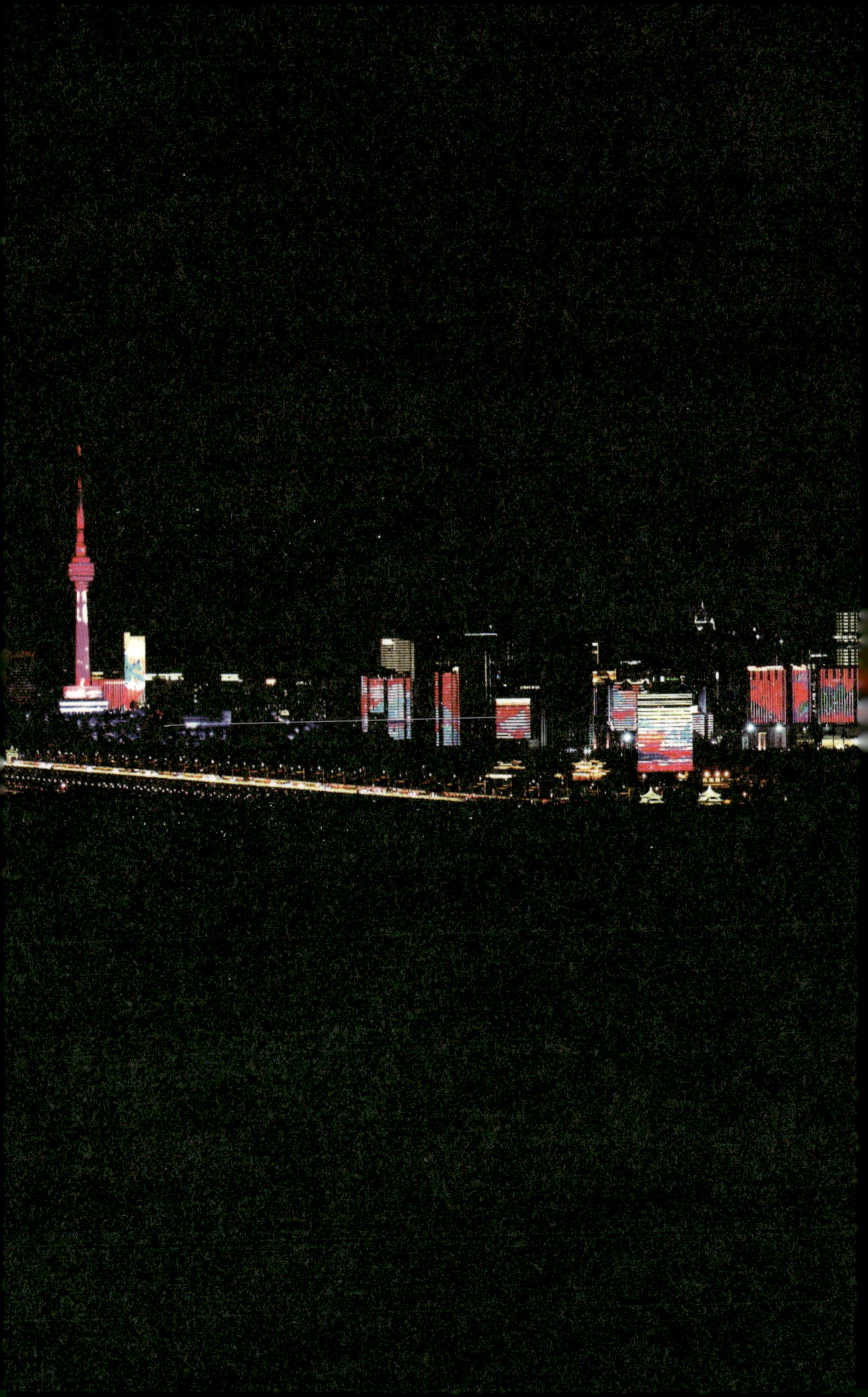

汉阳和汉口夜景远眺

灯火让对岸从夜幕中浮现了出来。光亮、绚烂、精致，这是一种与白天完全不同的城市面貌。而那条滚滚而去的大江，就隐没在那片没有被灯火照亮的黑暗之中。从某种意义上说，正是因为它的相隔，才形成了对岸，才形成了此地。少有人能够意识到，人类对于城市的改造，时至今日仍然需要建立在最古老和原始的基础之上——长江就是一个例证。

另一条路

1

六月初的一个下午，在跟王琼通完电话之后，她的助理在武汉水务集团宗关水厂院子里的那座假山边接到我，把我送到了她位于里侧一栋老楼顶楼的办公室。但是，王琼并不在办公室——这位全国人大代表、宗关水厂的总工程师，正在隔壁接受着另外一个采访。

在这个十几平方米的房间里，吸引我的除了里侧墙壁上的那两幅图——一幅是中国地图，另一幅是武汉市水务集团现状水厂、加压站、外部联通及主干管网的分布图——之外，还有挂在进门左手边墙壁上的那面镜子。现在那面镜子处于完全拉开状态，一侧是镜面，另一侧是绘有一幅画的镜罩——画面是斜插在瓶子里的一枝绿叶红花，当镜罩和镜面合在一起的时候，就只能看到镜罩上的那幅画——好像它只是一幅画，而不是一面镜子。

十几分钟后，一位穿着浅蓝色套裙、烫着大波浪发型的女士进来了——我马上就意识到，眼前的这位就是王琼了。她微笑着坐下来，连声说抱歉，同时向我提到了刚刚结束的那个采访——而接下来她又要接受我的采访，现在，被采访也成了她日常工作的一部分。

接下来，她和我聊到自己一直从事的水质检验工作，进入宗关水厂的前前后后，以及近些年来参与长江大保护的事项。而在她慢声细语的讲述中，我也得以面对面地进一步了解这位之前只是在新闻报道中了解到的水质检验能手——而从某种意义上说，我渴望了解的并不仅仅是她已经广为人知的那些部分，还有她作为一位女性的那条独特成长之路。

自从1995年进入宗关水厂担任一名基层水质化验工开始，到现在成为全省知名的水质检验能手，王琼先后获得了一系列荣誉——技术能手、技能大师、劳动模范、市首席技师、省首席技师、荆楚工匠、大城工匠、国务院政府特殊津贴获得者、武汉工匠、市优秀带徒名师、武汉英才，尤其是第十四届全国人大代表，等等。这几十项荣誉，既是她在这座百年水厂度过的29年时光的收获，同时也记录着她作为一名水质检验工作者的一个个节点。

如果把29年再拉长一些，拉长到进入宗关水厂之前，王琼其实也一直都待在这里——事实上她就是这座水厂的子弟，她的父亲就在这座水厂工作，她的家就在旁边。她抬起手朝外面指了指——似乎她的手指可以穿透那面墙壁和堆积在空气中的那些时光，说："小时候我上的就是这旁边的一个幼儿园，就是水厂门口的那个幼儿园，不过现在它不在了。"

2

而我没有想到的是，说起来之所以从事水质检验工作，王琼会把自己的职业渊源追溯到一个那么久远的年代，她提起了小时候在这座水厂里经常可以看到的那似乎带有预示性的一幕："当时在水厂里也看不到其他人，看到最多的是什么人呢，就是水质化验人员。他们经常穿着白大褂拎着篮子，里面装着一些瓶瓶罐罐——因为原来没有在线仪表，需要每一两个小时拎着水瓶去取水样检测。当然现在已经不需要了，但我小时候没有，我就对他们这些穿着白大褂的人很有兴趣，就觉得这份工作很神秘，虽然当时并不了解具体内容。"

初中毕业后，王琼去读当时的自来水技校，学的水泵专业——像当时的大多数人一样，这一安排并不来自她自己，而是取决于父母。在他们看来，这所中专技校可以"包分配"，毕业后能直接进到自来水厂工作，这里效益好、稳定。而就王琼自己来说，她当时其实并不想读中专，喜欢文科的她想继续考高中、读大学，不过她还是听从了父母的这一安排。

"当时很喜欢文学，我记得原来最喜欢看诗集，像席慕蓉、汪国真的，而且还会在笔记本上、书签上抄下来。"王琼望着我说——是的，我能感觉到她目光中的那份真诚。时至今日，即使这份喜欢已经过去了那么多年，不过在说起这些曾经的喜好时，她眼睛里还在闪烁着一些转瞬即逝的亮光——在她以及她那一代人的眼睛里，我曾经不止一次地看见过那样的亮光。我一边听着一边把目光移开，移到门口左手边墙壁的那面镜罩上，望着上面的那枝绿叶红花——并不夸张地说，我可以感觉到它与王琼对文学那份兴趣的隐秘联系。

后来呢，我问道，中专学的水泵专业，后来怎么到水厂做了水质检验员？"当年进到水厂的时候，领导就问我，说你想到哪个位置，我当时就说化验室。领导问我为什么，我就说了小时候看到的那一幕，当时只录取了两个人，其中就有我。就这样，一直到今天我都在做这份工作。"

作为一名水质检验员，王琼要做好从原水水体到自来水的每一步水质检验，这个过程在我这个外行听起来好像并不复杂，然而实际上却并非如此——她需要对照原水的17个指标、出厂水的18个指标，根据检验结果来反馈自来水生产。"在水厂，水质检测我们分为两个部分：一个就是对原水进行检测，一个就是对出水进行检测。首先要保证进来的水，然后还要保证出去的水，我们负责检测经过厂里的所有工序，保证用水安全，当然了，这也是我们作为一名化验员的基本职责。我们水务集团对出厂水有统一的指标，国标指标出厂水是1.0NTU，我们水务集团的内控指标现在是0.3NTU，但是我们各个水厂基本上就在0.2NTU左右——就是自己把内控指标给提高了，所以我们出厂水是远远优于国家标准的。"

"我们的化验室很像大学里的实验室。当时刚进水厂，我觉得这是一份'高大上'的工作，看着师傅把红蓝试剂滴入水里面变色了，就觉得很有意思，不像其他工种那么枯燥。但做了一段觉得还是很枯燥，因为每天重复做，变化比较小，不过再做了一段时间，又觉得虽然每天在做同一件事情，还是必须认真对待，要有百分之百的责任心。因为我们宗关水厂承担了汉口地区近百分之七十的生活生产用水，水质检验相当于水厂的窗口部门，如果检测不合格，会影响到千家万户。所以我们必须从源头上就严格把控，确保每一滴水的安全是我们的责任！"

我明白她的意思，对于这份因为想象中的兴趣而进入，又因为责任心而慢慢坚持下来的工作，王琼的心路历程和一些有过类似职场经历的人如出一辙——一开始是想象中的兴趣冲淡了枯燥，再后来是责任心抵消了枯燥。我向她指出了这一点，她也坦诚了这一点。

不过，即便是出于责任心和责任心对枯燥的抵消，王琼也依然表现出了在这个领域的卓越和优异。如果说2002年参加入职以来的第一次水质检验工职业技能等级考试，王琼第一次考试就实现跨级，成为一名水质检验高级工还算不上卓越和优异的话，那么8年之后，在武汉市职业技能大赛中的一战成名——以第一名成绩荣获"技术能手"称号——就足以让所有同行刮目相看了——在赛场上，她单单凭眼力和手感就以最快的速度称出了0.16克试剂。

而更多的例子，则表现在王琼和2015年6月由她领衔创立的"王琼创新工作室"所开展的那些日常工作之中。事实上，"王琼创新工作室"——王琼解释说，创新是指针对生产中的难点、关键点开展技术攻关及创新活动——所发挥的独特作用之前也屡屡见诸报道，譬如在全省率先运用次氯酸钠生产厂家的降温方法提升次氯酸钠在高温时的效能,譬如以次氯酸钠降温增效新方法极大降低高温时消毒药剂的投放量,又譬如工作室开展的关于"次氯酸钠储液池药剂温度稳定性研究""高盐基度铝矾降低水中铝效果研究"等技术攻关项目。

3

在武汉水务集团下属的12个水厂中,其中有4个水厂是在汉江取水,有8个水厂是在长江取水,每个水厂都有自己的化验班,总公司也有水质检测中心。这么多年来,在与从事水质检测的同行们的定期交流和学习中,王琼也一直在关注长江水质的变化:"刚刚上班的时候,我就经常跟着师傅去长江,开着一个小船,开到长江里去取水样。当时我还觉得奇怪,我们取水样不是在汉江吗,为什么还要取长江的水样。师傅当时就告诉我,汉江属于长江的一个支流,首先肯定要了解长江水质的变化,因为整个水系是一体的。"

在关注长江水质变化的同时,王琼也不再局限于对饮用水安全的把关,而是把目光投放到了更大的水系之中,她成了长江保护与水生态变化的参与者和见证者,也更加亲近了有着"微笑天使"之称的江豚——作为中国特有、长江仅存的淡水鲸豚类动物，江豚是长江生态环境健康的指标物种，然而随着长江被过度开发利用，江豚的种群数量也一度急剧下降。

"其实，最开始的时候我也不知道江豚，一开始我以为它可能跟白鱀豚一样，后来才知道并不是。我爸爸也是宗关水厂的，他跟我说20世纪80年代或者更早的时候经常能看到江豚。他原来坐轮渡上班，有时会在平湖门水厂和长江大桥下看到。听完之后我的第一反应就是长江的水质确实变化了，我就去中科院水生所和专家学者交流，了解到江豚视力不太好，主要靠听力判断方向，水质对它们影响非常大。如果水体浑浊、有污染的话，它们就不会停留；如果旁边有船只，它们也不会出来。后来我就针对长江水生态和江豚保护做了一些调研。"

2023年，作为湖北省第十四届全国人大代表第一次参加全国"两会"时，王琼就提交了"在湖北武汉建设'数字江豚'平台，让江豚成为长江大保护的国家名片"的建议案，为濒危物种保护积极探索数字化路径，以数字科技助力长江大保护，打造生态文明建设的"中国样本"——在她看来，这一项目的重要性不言而喻，不单是践行长江大保护战略的一项重要载体，也能提升"十年禁渔"的质效，同时还能对武汉的城市形象进行活化表述和传播。

"我提出这个建议的初衷,是想进一步提升长江江豚的认知度,提升公众对水生态环境和水生动物的保护意识,同时希望武汉能够留下独特的江豚形象印记。"对此,王琼这么说道。

为了推动更多人关注、保护长江江豚,王琼一度还化身为"数字江豚"推广大使——带着江豚文创款优质瓶装水走进中科院水生所,促成"我爱汉水"品牌与保护江豚项目的深度合作;参加"共护长江萌主"活动,鼓励孩子们一起行动守护生命长江、呵护自然生态;登上"江滩大讲堂",呼吁通过数字技术传播江豚文化,让江豚成为"长江大保护"的国家名片;带领媒体记者走进宗关水厂,讲述"净两江之水,润三镇人家"背后的故事,传播"我们与江豚同饮一江水"的理念……在某种意义上,江豚也成了她和长江最为紧密的联系通道。

"据我观察,如今长江水域生态环境呈现出持续向好的发展趋势。"紧接着,王琼说起近年来长江武汉段的一系列水质指标。而这些数据,也清晰地显示出长江武汉段的水质持续达到国家地表水环境质量标准Ⅱ类水体要求——事实上,如今江豚种群的数量也在逐渐恢复之中,武汉段的长江江面上时不时就能看到它们的身影。对王琼来说,那样的身影就是长江水质变化最直观的体现："每当看到江豚频繁出现在长江武汉段时，作为一名水安全守护者，我总会感到十分自豪，我认为这是大自然对长江水生态环境持续变好的生动回答。"

而长江水生态质量改善的另一个直接证明，则来自2023年2月农业农村部公布的2022年长江江豚科学考察结果——这个结果显示，长江江豚的种群数量为1249头，首次实现了有监测记录以来的止跌回升。在王琼看来，她的工作也有了新方向："这个考察结果更直接地反映了长江流域水生态的持续好转，长江大保护工作取得的积极成效。所以在这一年的履职工作调研中，我特别注意到一个新课题——是时候让迁地保护的江豚回家了。"

在一年之后的全国"两会"上，王琼又提出了关于"将迁地保护江豚适时放归长江，促进野外种群快速恢复"的建议案。在她看来，不论从长江水域生态环境的持续恢复、迁地保护江豚群体的快速发展，还是从野化放归的训练经验来看，现在进行迁地保护江豚的野化放归正当时，这不但是贯彻长江大保护决策的必然要求和关键步骤，还是长江大保护成果的直接证据。为此她还提出了实施"迁地保护长江江豚野化放归国家工程"的建议——编制和发布国家层面的工程方案，增建训练基地，加大对迁地保护江豚野化放归和监测技术研究力度。

4

不知道为什么,在与王琼聊着这些内容的同时,我又不自觉地想起她父母当年为她选择的自来水技校,想起她曾经喜欢过席慕蓉、汪国真的诗歌和她文学的理想——毕竟,按照她本人的意愿,当年本来是要继续考高中、读大学的。尽管不一定礼貌,不过我还是当面提出了那个一直想问却没有机会问的问题——当年没有读高中、考大学,现在再回过头来看,你会有后悔吗?她点着头笑了笑,坦诚了这一点,但是同时也非常谨慎地纠正了我的用词:"也不能说是后悔,所谓的后悔可能就是有点遗憾吧,还没有到后悔的程度。"

为了弥补这个"遗憾"——至少这是原因之一,王琼后来也以另一种方式实现着自己的梦想,她在1996年报考了大专,学习文秘专业;1998年又报考了本科,学习经济管理专业。

而在此之外,王琼还把自己当年没有能够实现的梦想投射在了女儿身上:"在女儿这边,我有时候会有意无意地去引导她。我从小一直很想弹钢琴,但是当时家里条件有限,现在好一点的就是，我女儿还比较会弹钢琴，她学的也是文科类的，播音主持专业，现在在长江日报实习，这大半年来在跟着记者一起采访。她也在准备考研，考新闻传播方向，我也想让她在履历方面更丰富一点，在某种程度上，这也都是我当年没有实现的。"

接下来，王琼带我下楼，穿过宗关水厂这座百年水厂的院子前往她的工作室。路上，她介绍起院子里那栋充满了岁月气息、外观酷似欧洲古堡式建筑的"老泵房"——由英国工程师穆尔设计、1908年竣工的轮机房，细数英国人当年设计既济水电公司时的种种先见之明……而在拐到通往工作室那条种满了白玉兰树的路上之后，她又向我指了指当年那些水质检验员们所经过的那条长廊——虽然前些年它已经被拆除了，但顺着她所指的方向，我在那些建筑中间似乎还能看到一条与旁边那座雕梁画栋的凉亭同样风格的长廊。

"王琼创新工作室"就位于那条主干道旁的一栋矮楼。说是工作室，不过看上去却并非工作现场，而是更像一个集中活动场所——墙上挂着工作室成员的照片和介绍，以及历次重要活动的照片。他们中间大部分都是女性——或许水质检测这个职业天然地与她们的女性身份有关，大部分都是王琼当年进水厂时的年龄——他们脸上还挂着这个年龄的人所独有的青涩、单纯和热情。但在王琼眼里，这些青年后辈就像年轻时的自己，她也相信这些人中间一定会走出新的技术能手——王琼的这份期待和信任，也源自当年带王琼的那位师傅。

时至今日，王琼还能记起来29年前上班第一天的时候，师傅对自己说的那句话："水是生命之源，水质检验工作直接关系着千千万万市民的身体健康，非常重要。"而在王琼的工作室，我注意到的是墙上的另一句话："专注是水质检验的唯一标准。"这句用于那句著名政治口号的话，或许在王琼看来，正是作为一名水质检验员在工作中的核心要求。

5

对我来说，在采访王琼的同时，我可能还在寻找着另一个问题的答案。这个问题就是，那些曾经喜欢过的诗歌和文学，在王琼后来的职业生涯中真的完全消失不见了吗？

在工作室角落的一个铁皮书柜中，我还看到了她所说的"现在偶尔还会读一下"的那些书，我透过那面书柜玻璃凑近看了看——毕淑敏的《星光下的灵魂》、林海音的《城南旧事》、周国平的《守望的距离》、余秋雨的《文化苦旅》、陈忠实的《白鹿原》、于丹的《人间有味是清欢》、卡勒德-

胡赛尼的《追风筝的人》和《灿烂千阳》、东野圭吾的《白夜行》……这是一些与她的日常工作并不相关的文学作品。不知道出于一种什么心理，看着这些书的时候，她办公室镜罩上的那枝绿叶红花又从我眼前冒了出来。

采访结束的时候，王琼送我出来。在工作室外面的那条主干道上，她又向我回忆起了当年在这座水厂院子里看到的种种美好的回忆——当年那条雕梁画栋的长廊，挎着篮子来来回回走过长廊的那些水质检验员……而现在，她也已经成为他们中间的一员29年了，以一名水质检验工作者——而并非一名水厂子弟——的身份在这座百年水厂里度过29年了。

走出宗关水厂大门的时候，我停下来，特意四处找了一下王琼小时候就读的那家幼儿园，不过没有找到——事实上，没有任何痕迹能证明那里曾经有过一家幼儿园。马路的两侧，一侧是连排的建筑和院落，一侧是对面的汉江堤坝——一座取水站就坐落在正对面。

不知道为什么，这时候我又想起来王琼办公室里的那面镜子，镜罩上的那幅画——那枝插在瓶子里的绿叶红花。在一阵车来车往的恍惚中，我想象着她曾经喜欢过的席慕蓉和汪国真的诗，那些写满了诗句的笔记本和书签，她本来想考的高中、读的大学。一条道路和另一条道路，一种得到的和另一种失去的,那当然是一种遗憾,一种记忆里的遗憾——不遗憾的地方或许在于,从事水质检测,以及后来对于长江大保护的种种参与,也可以是她实现梦想的另一种方式——而又或许,在她自己的主观感受中确实就是这样的。

可真是这样的吗?我并不能确定。接下来,我上了一辆出租车,汇入了街头的车水马龙之中——没有人知道的是,在接下来的这一路上,我一直都怀揣着对那两条道路的想象。

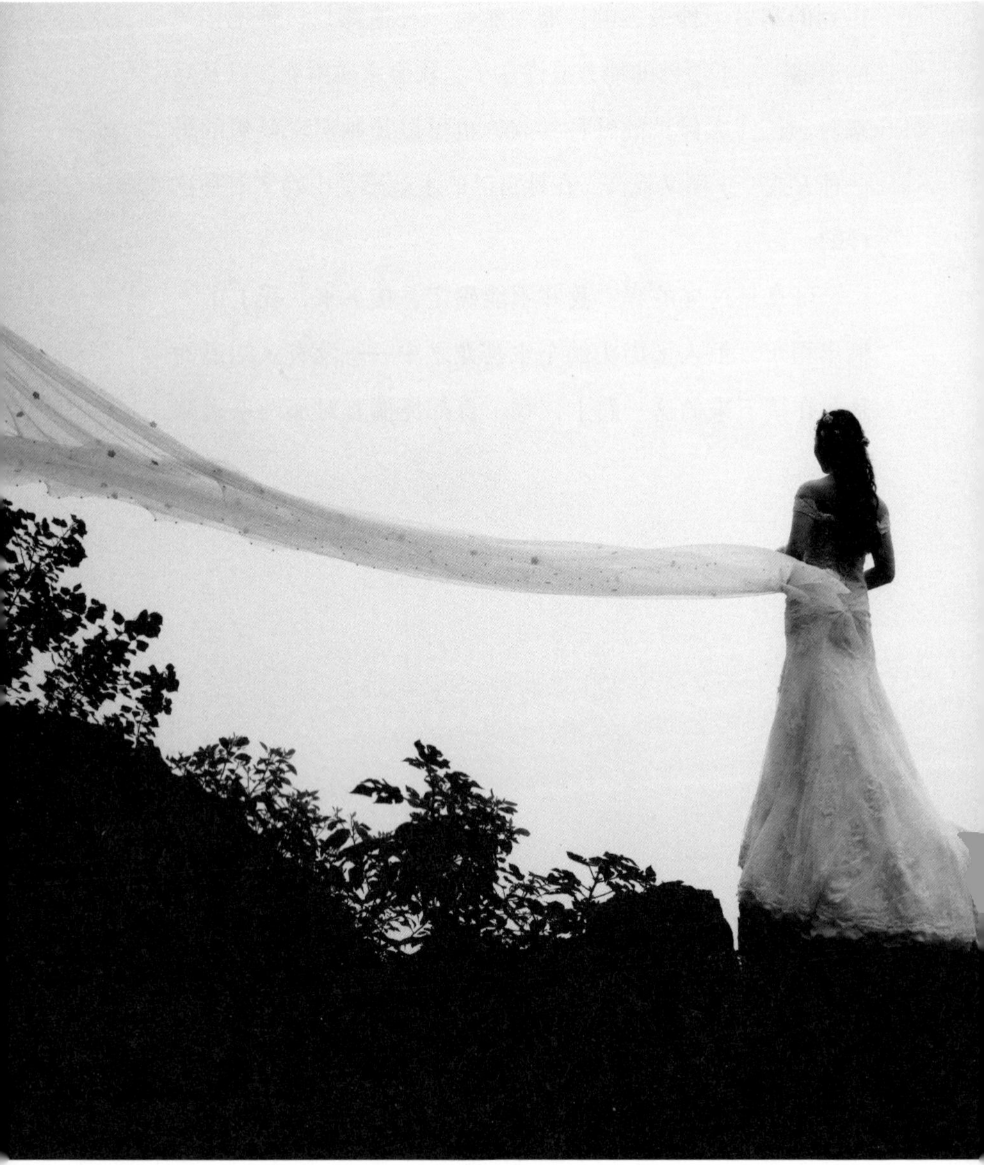

东湖边的新娘

湖，也许可以称之为对海的模拟。它虽然没有海的广大，也没有海的壮阔，但与海一样的是，它也承载着爱情中人对于海枯石烂、山盟海誓的向往。在武汉，东湖与星罗棋布的其他湖泊一起构成了这座城市的水的另一种存在形式，它们又与长江、汉江一起，构成了武汉这座"漂浮在水上的城市"。如果没有它们的存在，武汉或许也很难再称之为武汉。

他的长江

1

五月初的一天,我来到长江科学院原副院长陈进的办公室——他是四年前退休的,不过作为有突出贡献的水利专家,在长江科学院大楼里还保留着一间办公室。"现在我大多数时间都会在这里。"他对我们——我,还有和我一起来拜访的《中国三峡》杂志副主编任红说。从办公桌上的陈设能看得出来,他还一直保持着退休之前的那种工作状态——而从他身上,我能感觉到老一辈学者们多年来所形成的已经成为某种日常和惯性的部分。

在长江和水利科学研究领域,"陈进"这个名字如雷贯耳。事实上,在我为这本书的采访做准备的阶段,他就是我在不同场合总是会听闻到的人。除了长江科学院原副院长,他还有着一系列头衔——武汉大学珞珈讲座教授、中国水资源战略研究会理事、中国水利学会水资源专业委员会副主任委员、中国水力发电学会水电站及水工结构专业委员会委员、长江水利委员会科学技术委员会委员、水利部首批建设项目水资源论证评审专家等。

前一段时间,陈进在为《中国三峡》杂志撰写的一篇名为《这里是长江》的文章中,从"自然长江""人类活动塑造长江""自然环境孕育长江文化""空间、时间和物质遗产中的长江文化"这四个角度阐述了长江文化与历史文化和地理环境的关系。谁也没想到的是,这篇阐述从自然长江到文化长江的专业文章在公众号上发出来之后,在很短时间内就达到了2.6万以上的阅读量——而这也是《中国三峡》杂志公众号自开设以来阅读量最高的一篇文章。

"我也没想到,"陈进不无惊讶地向我们表示,"这个文章竟然会有那么多人看,其实这种文章还是有一定学术性的,很多内容并不下沉,还是有一定门槛的。"虽然没有想到会产生这样的传播效果,尤其是会引起社会大众的共鸣,不过对于陈进来说,这也并非一次偶然,事实上,他在专业研究领域之外一直也都在撰写面向普通读者的普及性文章。

另一个最好的证明,则是他五年之前完成的那本书——《长江文明之旅丛书:三江源之旅》。在这本由长江出版社出版、科技部推荐的优秀科普图书中，陈进以长江流域科学考察为主线，兼顾黄河源、澜沧江源区科学考察，对大江大河源头进行探源，同时以一种颇具个人化的表达，呈现了对长江流域重要的生态环境敏感河段或者区域考察的感想。

翻开这本书就会发现，长江在陈进——这位从事长江和水利研究的学者那里，以一种不需要多么高深的专业知识就能读懂的面目被呈现了出来："因为从小生活在长江边，工作30多年来一直从事对长江的研究，我对长江有着深厚的情感，对其奥秘也深有感受，曾经考察或者走过长江大部分代表性河段和地区，有幸两次登上长江源，目睹了长江流出第一滴水的地方——姜古迪如冰川和宽阔的沱沱河曲，沿通天河岸边行驶超过100千米，看到蓝天白云下急流奔腾的通天河，走过雄伟壮丽的金沙江峡谷和长江三峡，也到过水系复杂的荆南四河和洞庭湖区，看到过鄱阳湖夏季一片、冬季一线的湿地景观……"

与很多局限于象牙塔研究的专家学者不同，虽然本科毕业于武汉水利电力大学水利工程专业、硕士毕业于长江科学院水工结构专业、博士毕业于清华大学水工结构专业，毕业后又一直在长江科学院工作，但陈进并不"躲进小楼成一统"。这么多年来，他一直也在以专业性的研究作为支撑，面向社会大众发声——就我所知，无论兼任长江文明馆副馆长为长江文明的落地呈现献计献策,还是在武汉水务局和长江日报社组织的"江滩大讲坛"中分享"百里美滩怎样'挽起'武汉'江湖'",抑或是在其他各种报刊和平台撰写文章,陈进从来没有以一个研究者的"专"和"精"为理由,回避一个研究者也理应怀揣的"广"和"大"。

"当然,这里面也包括了我的一些转变过程,过去这些年,我不光写科学论文,也给报纸杂志写了很多科普类的文章,发表在《中国水利报》《人民长江报》《中国环境报》《人与自然》等刊物上,就是写了很多对大众有一定普及和传播意义的文章,在我看来,这实际上也是文化的传播力。原来我们经常说竞争力,实际上最终的竞争力就是文化的竞争力,因为有好的文化就可能培养出好的人才。我们现在为什么都重视文化?就是因为文化能产生竞争力。对长江大保护来说,文化普及对大众而言是非常重要的事情。"

2

而如果说面向社会大众发声是陈进的一种学术"出口"的话,那么,以多学科、跨学科的角度和方式去研究长江与水利问题,则也可以称为他的一种学术"入口"。

在采访中,他一再表示不能仅仅从自然科学的角度研究长江，还要建立起人文科学的视野——为了更好地弘扬与挖掘长江文化，要进一步将自然科学与人文科学相结合，多学科联合研究长江文化的内涵及主要特点，归纳出区别于黄河等其他文明大河的长江文化主脉；进一步研究自然长江演变与文化长江发展关系，解析两者相互影响机制；加强多学科联合的考古研究，解决古代文化起源、发展及与外部文化关系难题；研究区域文化向流域文化、古代文化向现代文化转化机制；利用AI及其他现代数字技术，弘扬长江文化；等等。

在陈进看来，长江是一条不断被赋予时代内涵的国之大江："长江现代文化不仅传承了古代文化的精髓，也创造出长江经济带高质量发展、长江大保护等新时代长江文化符号，为中国经济社会持续发展和美丽中国建设提供了样板，使长江文化的影响力日益增强。"

当然，作为一位长期研究长江的学者，陈进对长江国家政策也有着深入的研究和理解。在一篇名为《武汉发展与长江大保护》的文章中，陈进还系统回顾了武汉发展与长江、汉江和水的关系，并以武汉为起点表达了对长江大保护的认识，以及直接与水有关的科技问题。

在这篇文章中，陈进总结了近年来长江水质得到一定程度的改善，制约着长江经济带发展的水资源、水环境、水生态、水灾害、水污染等问题得到一定程度解决的原因——除了国家层面一系列长江大保护相关规划的开展，国家环保督察、河湖长制、排污口排查等专项行动，中央生态环境保护督察，河湖长制的建立及开展的相关监督管理，生态环境部开展的长江入河排污口现场排查，还有长江流域范围之内各个地方管理措施的落地执行。

而这一点，在由他主持的《长江生命力指数报告2022》中也得到了验证。这篇报告是这样描述的："过去两年内，长江生命力指数获得明显改善，尤其是水环境和水生态状况：长江干流的水质优良率已经达到97%以上，水质状态已经接近发达国家的水平；生物种群数量得到一定恢复，尤其是江豚数量的增加，对长江生命力指数的回升贡献巨大。"

虽然对近年来长江大保护的作用予以充分肯定，但同时陈进也对长江的未来表现出了一定的忧虑——目前水环境和水生态的改善，还只是长江生命力恢复的起点，长江大保护的进程远未结束。在他看来，"生态系统的修复是一个长期工程，在这个过程中，会有新的问题不断出现，比如重金属、有机等污染物在过去重视不足，如今还伴随着微塑料等新污染物，这些都是未来加强研究和治理的重要工作"。

此外，陈进表示也要辩证看待长江大保护与长江经济带发展的关系，不能只偏重于一端。"从领导层面来说，他们肯定是积极贯彻的，不过实际上还是有一些矛盾存在。"

这时候，我向陈进提出了一个或许比较外行的问题——我说，长江流经武汉，全长大概有一百五十千米，但是长江上游或者下游的污染，在武汉这个范围内应该去怎么解决？

"每一段的断面考核我们也搞过，就是在上游断面和下游段面进行水质考核。但是这个其实也很难区分，一般来说我们主要是进行生态补偿，实际上我负责的自然基金项目就是跨市跨行政区的横向生态补偿。因为对长江本身来说，无论上游还是下游、左岸还是右岸、干流还是支流，都和水质的好坏具有密切的关系，所以我们希望整个长江流域都进行水质检测，做好生态补偿，协调好上下游、干支流的生态保护关系。总的来说，现在各地的排污治理都还是不错的，主要的污染类别都有指标考核，要是质量很差的话，生态环境部门肯定会发预警。生态环境部有国控断面，可以自动采集各项数据，由第三方进行检测。"

而对于我提出的武汉段长江大保护中的个人贡献，陈进谦虚地表示自己做得还不够："武汉的长江大保护，我虽然做了一些工作，但也不能说特别突出，就属于中等水平吧。"

在他看来，"长江十年禁渔"的作用功莫大焉："渔民不捕捞了，这就是保护的一种。对于渔民上岸，国家花了不少钱，花了几百亿元，解决了他们的生计问题，确实很不容易。'十年禁渔'主要解决了水生生物多样性的问题，对江豚的保护作用很大，因为江豚吃鱼，如果大小鱼都捕捞了，那江豚就没吃的。江豚，过去我们叫江猪，原来并不是很宝贵，是国家二级保护动物，去年才变成国家一级保护动物。'十年禁渔'，最大的受益者就是江豚了，因为它是半洄游系物种，它跟中华鲟不一样，只要有吃的，有安静的环境，它就可以生存。"

此外，陈进还举了武汉江滩的例子。在他看来，江滩无论对于武汉还是长江大保护都有着显著意义："实际上，武汉江滩有好几期，现在两江四岸都有了，这个公共空间和生态保护的缓冲带非常重要，绝对是个亮点。江滩对生态保护的作用在什么地方？一是它可以作为生态屏障带，因为植被对雨水或污水有过滤作用，可以消解掉污染；二是它可以作为很多两栖动物的栖息地，比如草滩可以吸引候鸟，树木可以吸引留鸟；三是江滩可以提高老百姓的幸福指数，它相当于巨大的公园，同时对于提高社会大众的环保意识也有很大作用。"

3

话题漫漫，在回到长江研究这个话题上时，陈进表示，他作为一个自然科学的学者之所以会对人文长江感兴趣，并坚持要从自然科学和人文科学的双重视野去研究长江，不单单是跟自己当年有过一份当作家的梦想有关系，也与一直以来读书、行走的经历有关系。

"我是1977年高中毕业的，当时也没高考，我6月份就毕业了，10月份才有恢复高考的消息，12月份考试。我当时想当一个作家，于是就按照作家一天写一千字的标准写作，用40天时间，写了四万多字。当时我在家里也没有什么事，正好有一个同学也喜欢文科，我这个同学是1978年考上的'北大'，我们同桌，他是班支书，我是班长。那时候我们都属于文学青年，相互之间有影响，虽然我们的文化课学得不多，但是社会知识、文学知识、历史地理知识却学了很多，都是自学的。其实那时候跟古代人差不多，到处借书看，有时候借一本就看一个通宵，知识信息也没现在这么发达。你看我这些已经老得不像样子的书，都是当年留下来的，直到现在还留在这里，这些老书也都是我当年的文学启蒙书。"

正说着，陈进突然停了下来，把我们带到他办公室最里边的那个窗台边，指着那堆纸页已经松脆泛黄了的图书给我们看。于是，在这间办公室的窗台上，我也从伴随了他青春岁月的那些读物——湖北省函授大学在1963年1月编的教材《中国现代文学》，中国科学院文学研究所中国文学史编写组编写的《中国文学史》，陕西人民出版社出版的《延安颂》，还有《天安门诗抄》《宋诗一百首》等书中，得以一窥他那段"文学化"的青春岁月。

事实上，青年时代的陈进不单喜欢文学，还写过不少"没有留下来的"诗歌作品。接下来，他还向我提到了《诗刊》原副主编李瑛。"我在读大一的时候很喜欢新诗，我当时比较喜欢李瑛的诗，还给他写了封信，完全是作为一个新诗爱好者，对新诗发展谈了自己的看法。他给我回了信，而且写了三四页纸，我作为文学青年很感动——李瑛当时可是大诗人啊。"

没有成为作家也没有成为诗人的陈进，后来成为一位研究长江的学者——或者说，他以成为一位研究长江的学者的方式，延续了自己成为一位作家或者诗人的梦想。祖籍武汉、出生在上海、两三岁时跟着父母前往河北保定，直至1970年又回到武汉的他，除了感激那段"文学化"的青春岁月外，也同样感激那些年和后来一段时间南来北往的游走经历。

"当年我们大学生有文化，有文学青年的气质，有特殊年代的经历，再加上我去的地方也比较多，我在上海住了五年，徐州住了三个月，保定住了八年，然后到了武汉，工作以后又五湖四海地跑。我觉得，读万卷书，行万里路才能打开思路，没有这样的经历，思考就到不了这样的深度。很多东西都是时间和空间带来的，所以没有生活也就写不出来好文章，光有文笔还不行，文笔是最基本的，还要有思想。所以我想，人没什么好后悔的，所有经历对人生成长、思想成长都很有帮助，很有启迪，这就是经历丰富的人才能写出好东西的原因。没有艰苦的历程，怎么能产生创新思维？"

是的，即使在采访过程中一直保持着笑眯眯的表情，不过从言谈举止的细节之中我还是能感觉出来，陈进，这位1959年出生的学者，在内心深处可能还留存着一份在这个年代已经并不多见的自我坚持——或者说态度。

4

采访快结束的时候，任红才想起这趟拜访的任务，她向陈进介绍了杂志的选题规划，向他约了一篇关于三峡工程三十周年的稿子，请他对中国从古至今的治水进行一番梳理。

然而在陈进看来，这一梳理并不是写写中国从古至今的治水就行了："其实，三峡也有现代科技的力量，我们过去主要说的是农耕文化，但长江文化的主要特质是农耕文化和工业文化的结合。长江流域拥有最大的调水工程、最大的水产养殖业、最大的水电站群、最大的水电站装机容量、最大的船闸和升船机等国之重器，还有世界最长的跨江大桥、最大的智能港口上海洋山港、数量最多的水库群（5万多座水库，占全国50%以上），这些都是工业革命的成果。实际上，因为工业文明，长江文化的影响力才更强了。"

是的，不得不承认的是，作为一位研究长江的学者，陈进除了拥有深厚的学术基础和广博的学术视野之外，最重要的是还拥有一份独立的学术判断——简而言之，他不愿意把长江局限在一种单一的中国语境和民族语境之中去解读，那也并非事实，而是要把中国的长江理解为世界的和人类的长江，从一种并不划分为东方和西方的文明语境之中去梳理。

在我看来，这不单单是一种认识和判断，同时也是一种态度，一种极为开放的态度。

临走之际，陈进指着刚进门时送我的那两本厚厚的作品——《长江水资源管理与保护实践》和《长江演变与水资源利用》。他笑了笑说："要是觉得没什么用的话，也可以不带回去。"我明白他的意思，他可能觉得这种像砖头一样的水利学著作，对我们这样的行外人或许是一种负担和累赘——而反过来说，带回去了束之高阁，任其积满灰尘也同样不忍。

我笑了笑，把它们放进背包说："不不不，我要带回去，相比于作家们那些轻飘飘的文学性的文字，我其实更喜欢看学者们这种结实有力的专业文字。"当然，我不是在用善意的谎言安慰他——事实上，在接下来采访和写作这本书的几个月里，在那些忙碌之余的中午或者傍晚时分，我也经常把他的这两本著作从书架上抽出来，随手翻看上那么一会儿——从某种意义上说，在随手翻看的那一会儿，我也得以了解了一个从未了解过的长江。

这两本充满了专业知识内容的学术著作，虽然阅读起来并非易事，深究起来也不一定能看得懂，但是这些"随手翻看"对我来说却不是没有受益——尽管这种受益并非能以及时有效的方式呈现出来，进而转化成为某种行动。而在那些艰深和专业学术内容的间隙，事实上也有一些相对不那么艰深的部分，它们不单构成了我能够进入其中的通道，同时也提供了我对长江的一种开拓和延展的角度。这种赠予和阅读，无疑也是一种流水之于圆石般的普及教育——至少对我个人、一位写作者来说，长江在我心中不一样了，我写下的与它有关的文字也将会不一样，而有缘能读到这些文字的人，对长江的态度可能也会不一样。

对岸的汉口

几乎没有人知道，作为三分之一武汉的汉口，还曾经短暂地被设立为中国第一个直辖市。这个在近现代中国历史上频繁出现的名字，其背后隐藏着多少风云际会，隐藏着多少纵横捭阖，已无须赘言。然而，如果不是因为汉江和长江——尤其长江——的存在，很难想象它还会拥有如此显赫的过去。当然，也很难想象它还将会拥有更加显赫的未来。

以鱼之名

1

下午，三点半，在位于东湖南路的中国科学院水生生物研究所大门口，一个门卫把想要径直走进去的我给拦了下来——于是，我不得不给约好的采访对象刘焕章研究员打了电话，又把手机递给门卫接听。过了一会儿，门卫把手机还给我，我听见刘焕章在电话那头说道："5楼，501！"与此同时，我听见另一个声音也从半空中飘了过来："5楼，501！"

就在我四处找寻那个声音来源的时候，门卫抬手指了指院子里面那栋办公楼——准确地说是五楼的一扇窗户，有个人正从那儿冒出头来，这时候我才意识到那就是刘焕章——在我之前的种种想象中，我从来也没想到过会以这样的方式和他见面,而且还是第一面。

上楼,敲开501办公室的门,刘焕章从一堆堆几乎要高过头顶的文件和材料中抬起头来——而相比之下,他和他面前的笔记本电脑仅仅只占据了那张办公桌的十分之一,可能还不到十分之一。事实上,这间看起来并不算小的办公室几乎快被各种文件、材料和图书给堆满了——目之所及,已经没有什么地方还能再放下什么了。是的,在某个恍然而至的瞬间,我觉得自己就像是又一次走进了二十年前某位对我影响至深的大学老师的工作室。

之前,我深入"研究"过眼前的这位采访对象,作为中国科学院水生生物研究所的研究员,刘焕章多年来一直在从事长江鱼类保护和生态恢复的研究工作。对于长江——这个"鱼类基因的宝库"、全球生物多样性最丰富的生态区之一,以及中国湿地类型最丰富的区域之一——的鱼类保护和生态恢复,刘焕章着力甚深——尤其是在"长江大保护""长江十年禁渔计划"的国家战略在2016年和2020年提出来之后,他的研究工作也找到了更加精准的发力点和目标。

"我们的研究,从宏观上来讲,就是对长江鱼类资源做一些监测、分析、评估、保护。从长江上游到宜宾、合江、重庆,再到宜昌、武汉、湖口等干流和赤水河等重要支流,以及鄱阳湖、洞庭湖等重要湖泊，我们会对里面的鱼类资源、鱼类多样性、生物学特征和数量变化做一些监测。我们是从自然变化规律的角度来做的，当然也会结合某些特殊需求，比如早年我们前辈做的与葛洲坝水利枢纽相关的研究，我参与的与三峡工程相关的研究等，包括'长江十年禁渔计划'。这个建议是我们的老前辈曹文宣院士基于长期调查的一些数据综合分析提出来的，'十年禁渔'可能产生什么效果，或者说还需要怎么跟进，也属于我们的研究范畴。"

"再一个，就是针对像中华鲟这样的重点物种，它们的生物学特征、行为学特征和遗传学表现，还有种群数量的变化和繁殖行为的变化，需要进行的保护措施，以及我们现在所做的一些增殖放流、繁殖放流的效果评估等，这些也都是我们非常重要的工作内容。"

"另外，我们也在做关于赤水河整体河流的保护，以及一些生态修复工作。葛洲坝、三峡大坝，再往上面的向家坝、溪洛渡、乌东德、白鹤滩，长江干流和支流上的这些大坝，让自由流淌的河流被切成块了，人工干预的色彩比较重，对鱼类物种和水生态系统会产生一系列影响。所以，当年在三峡工程论证的时候，考虑到可能会产生的一些影响，需要采取一些保护补救措施，曹文宣院士就提出来，要把赤水河作为一个生态保护区。赤水河上没有修建大坝，400多千米范围内完全是自然环境，对于这样一个栖息地的保护，其中一些珍稀物种的保护，以及怎样开展对繁殖放流的保护，也都是我们工作中的重要部分。"

2

虽然研究的是长江流域的整体鱼类保护和生态修复工作，不过刘焕章的研究工作也与武汉产生了一定范围的交集："说实话，虽然我们在武汉落地的项目相对来说偏少，不过在长江乃至更大背景下的鱼类保护和生态修复的需求，在武汉地区也同样显著。"

"就鱼类多样性的变化情况来说，我们也会对俗称的'四大家鱼'做一些研究。它们的产卵场主要在干流，产卵后，这些鱼苗会一直往下游漂，进入洞庭湖、鄱阳湖等地。东湖、梁子湖等湖泊以前也会有一些鱼卵，因为，原来这些江湖是连通的，现在由于江湖之间阻隔了，鱼苗不太能进得来了，所以对湖泊功能的划分以及整体生态系统和发展之间的协调，我们也从宏观和原理层面做了一些工作。比如建议实现江湖连通，当然这种连通跟以前不一样，洪水季节，当长江干流水位高于湖泊水位时，完全打通江湖就不可行，而应该把湖泊水位降低，以容纳一定降雨量，缓解洪涝灾害。"

不过，江湖连通并不是要恢复传统的方式。"江湖连通的目的是实现鱼类交流，不能机械连通，比如监测到了上游鱼类的产卵，会有一批鱼苗漂过来，就可以把湖泊里的水先排一部分，让鱼苗进来。在兼顾防洪压力的情况下吸纳的野外鱼苗，我们称为'江苗'——就是自然繁育的鱼苗，让它们通过水体交换进到湖中，增加物种多样性。到了秋冬季，没有多少防洪压力了，可以让一些大鱼进到干流，合理管理湖泊的鱼类资源，这也是一种江湖连通。"

长江湖北段长度接近一千千米，是占据长江最长的一个江段——其中的长江武汉段只有145.5千米左右，不过在刘焕章看来，这两个江段对鱼类尤其珍稀鱼类的保护非常重要。

"就比如说，"他习惯性地顿了顿说，"葛洲坝下面的中华鲟产卵场，是目前唯一有效的产卵场。对于中华鲟来讲，它是要洄游的，从海里经过武汉江段到宜昌产卵场，产完卵之后再回到海里。另一方面，中华鲟在宜昌那边产的卵孵出后长成的幼鱼，也要通过武汉江段入海。虽然中华鲟有好几年没有自然繁殖了，但是人工放流还是有的，放流的幼鱼也要经过武汉江段，所以武汉江段所起到的作用非常重要。所以，尽管说我们并没有在武汉范围内做很多项目，但是在宏观层面，这一江段对于长江大保护来说也是很重要的部分。"

"当然了，事实上，我们有时候也还是会承担一些武汉的项目，比如一些湖泊的生态的评估，梁子湖、东湖、涨渡湖等生态保护方面的项目，我们也会做这样的一些工作。"

虽然研究重心并不在武汉，但是因为长期在武汉生活和工作，刘焕章对于长江武汉段的水质变化和鱼类的恢复情况也有着最直观的体验。"在长江大保护、长江十年禁渔计划提出来之后，从水质角度讲，我手上虽然没有具体的数据，不过就宏观层面来讲，确实是变好了。"

这个好，在刘焕章看来最明显的体现是鱼类："鱼类的恢复也非常好，长江鱼类有 424 种，其中 29 种属于重点保护鱼类。通过'十年禁渔'，物种多样性水平开始稳步提升，珍稀鱼类种群数量逐年增加，鱼类种群结构逐步优化，鱼类资源量明显上升，鱼类繁殖状况显著改善。就武汉的长江干流江段来讲，有一段时间曾经有江豚出现，坐轮渡过江的时候能看得到，后来因为生态破坏，有一段时间看不见了，不过近些年特别是在'十年禁渔'之后，江豚又出现了，这也是长江水质变好、生态环境在不断修复的一个重要标志和体现。"

对于武汉段的长江大保护，刘焕章认为成效显著："从整体上讲，武汉在各方面的力度都比较大。就我们的专业内容来说，首先是'十年禁渔'，力度很大，做得也比较到位，当然个别地方可能偶尔会有反弹。其次是在干流做了很多岸线修复工作，为了防洪、建码头等，原来的自然岸线会进行渠道化或者固化。这种做法虽然加快了水流速度，但对于生态来讲是不利的。水流快了，地下水就会减少；水流慢了，就能存一些地下水。最重要的是，缓慢的水流有助于水生生物停留，形成栖息和生长环境。所以怎么构建自然岸线、生态岸线、洲滩非常重要。武汉的江滩也属于岸线修复，做得非常不错，它结合了防洪需求和生态环境需求，理念比以前先进，更加讲究生态。以前可能只是讲究物理或者化学效果，现在的修复工作就非常强调如何满足生物多样性保护的需求，不再是纯粹技术效果，而是以人和自然和谐共处的方式来实现。"

3

作为一家从事内陆水体生命过程、生态环境保护与生物资源利用研究的综合性学术研究机构，中国科学院水生生物研究所的前身是1930年1月在南京成立的"国立中央研究院自然历史博物馆",1950年2月由原"中央研究院"动物所、"北平研究院"动物学研究所、原"中央研究院"植物研究所藻类部门合并组建的新所,所址位于上海——1954年9月,又迁至武汉。

与水生所仅仅一路之隔的,也即曾经是中国最大、现在是第二大的城中湖——东湖。

坐在刘焕章对面,从他办公室里侧的那扇窗户里望出去,一抬头就可以看见东湖的一角——那片碧蓝的水面就在一两百米开外的地方,像是镶嵌在这扇窗户里的一幅画。这时候,刘焕章扭头看了一眼窗外的湖面说:"实际上,武汉的河湖治理,能够做到目前这种状况也是非常不错的。前一些年搞城市发展,武汉市区内的湖泊可能变少了,也产生了一些富营养化、水华等问题,但是近些年来也都进行了比较好的修复,效果也非常明显。"

就这一点来说,他有着切身的体会:"比如东湖,我是1984年到武汉念书的,1988年又到中科院水生所念研究生。当时东湖有很多螺蛳,我们还'摸'过螺蛳来炒着吃,但是后面一段时间,螺蛳就变少了,东湖的水质变差了,不过经过治理,水质又开始变好了,尤其是最近五年到十年时间,水质改善的状况很明显。再比如南湖,因为我原来就是在华农念的书,读书时经常去南湖游泳,但毕业之后南湖变成了非常有名的污染湖泊,而且是被环保督察点名的,长期治理不好,不过近些年来通过一些治理措施,也都收到了明显的效果。"

不过,刘焕章同时也表示了需要更进一步的努力方向:"对武汉来说,近些年虽然在长江保护和湖泊治理等方面已经得到了相当程度改善,但和理想状况相比还是有一定距离,既包括水质方面,也包括生物方面,尤其是在生物多样性方面,应该进行更好的修复。另外,也要考虑是不是还需要岸线优化,看怎么提升功能,以及怎样规划湖泊的灌江纳苗、江湖连通,让生态系统得到更好的修复。湖北号称'千湖之省',武汉号称'百湖之市',湖泊在整个生态系统中的作用无可替代,所以如何对湖泊进行相应的管理非常重要,尤其在'十年禁渔'的背景下,用现代观念和现代管理方式完善相应的措施,我们还需要再进一步去努力。"

在他看来,与自己专业相近的地方在于,"还要在长江武汉段加强一些监测和调查,就鱼类来讲,对物种情况、鱼卵鱼苗的漂流和生长情况、重要和关键的栖息地还要深入研究。在江滩建设之后,究竟有哪些地方对于鱼类有用、哪些地方还需要做一些改进,都需要进行研究。比如江豚,当然我不是江豚专家,讲得也不一定对,江豚在武汉江段有重现，但这些江豚究竟属于什么状况，能不能常住，还是说有季节性迁移，怎么让它们的数量能增加，这些都需要进一步研究清楚。武汉长江段是中华鲟幼鱼非常重要的洄游通道、栖息通道，中华鲟在这些地方的通过情况、这些栖息地对它们的作用，目前都没有相对成熟的监测，不单单是在武汉，在湖北甚至全国都相对比较缺乏。所以，从整体上看，生态保护上的投入比以前多多了，方向也很明确，但真正落实的话，还有很多细节要考虑"。

而针对我提出的一个比较外行的问题——长江和汉江在武汉的交汇会不会对长江鱼类的保护、生态修复的保护造成影响，刘焕章表示不会。他好奇地解释道："我不知道你为什么会提这样一个问题，但我想是这样的，要说源头，汉江和长江可能在某些方面有一定差别，但在长江中游江段，严格意义上讲，我认为应该差别不大，为什么呢？因为鱼类有自由游动扩散的行为和能力。汉江下游与长江干流的区别不大，由于鱼类的扩散，这些鱼之间不会存在很大的物种差异，在生态上也不存在相互影响的问题。我觉得应该不会。"

采访结束之后，我告别刘焕章，下到他所在的那栋办公楼的一楼——水生所在那里开辟了一个长江水生生物博物馆。在博物馆这间1000平方米的展厅里，展示着各种各样的长江水生生物的标本——跟我一样，几位参观者也是在这个犹如水底世界般的展厅里才第一次见到白鲟、白鳖豚等物种的标本，中华鲟、扬子鳄、长江江豚、胭脂鱼等国家重点保护野生动物和被誉为"活化石"的矛尾鱼，以及其他长江鱼类和青藏高原鱼类。

展厅里的参观者并不多，所以，那几位学生模样的参观者每看到一幅让他们感到惊讶的标本时，就会发出不无夸张的惊呼声，他们的惊呼声在空旷的展厅里往复回荡着。

而听着那些往复回荡的惊呼声，从那些之前从未见过的长江鱼类面前走过的时候，我突然之间意识到，楼上此时此刻正埋首于那一堆堆文献和材料之中的刘焕章，这位1984年从鄂州小城来到武汉、在长江鱼类保护和生态恢复领域至今已经工作了近40年的研究者，在中科院水生所这个院子里也已经度过了36年。是的，在这里从事研究的36年，埋首于书斋里的36年，从某种意义上来说也是刘焕章走出象牙塔的36年、一路追寻长江的36年——与其他人的不同之处在于，他一直是以追寻长江鱼类的方式，在追寻着这条东方大江。

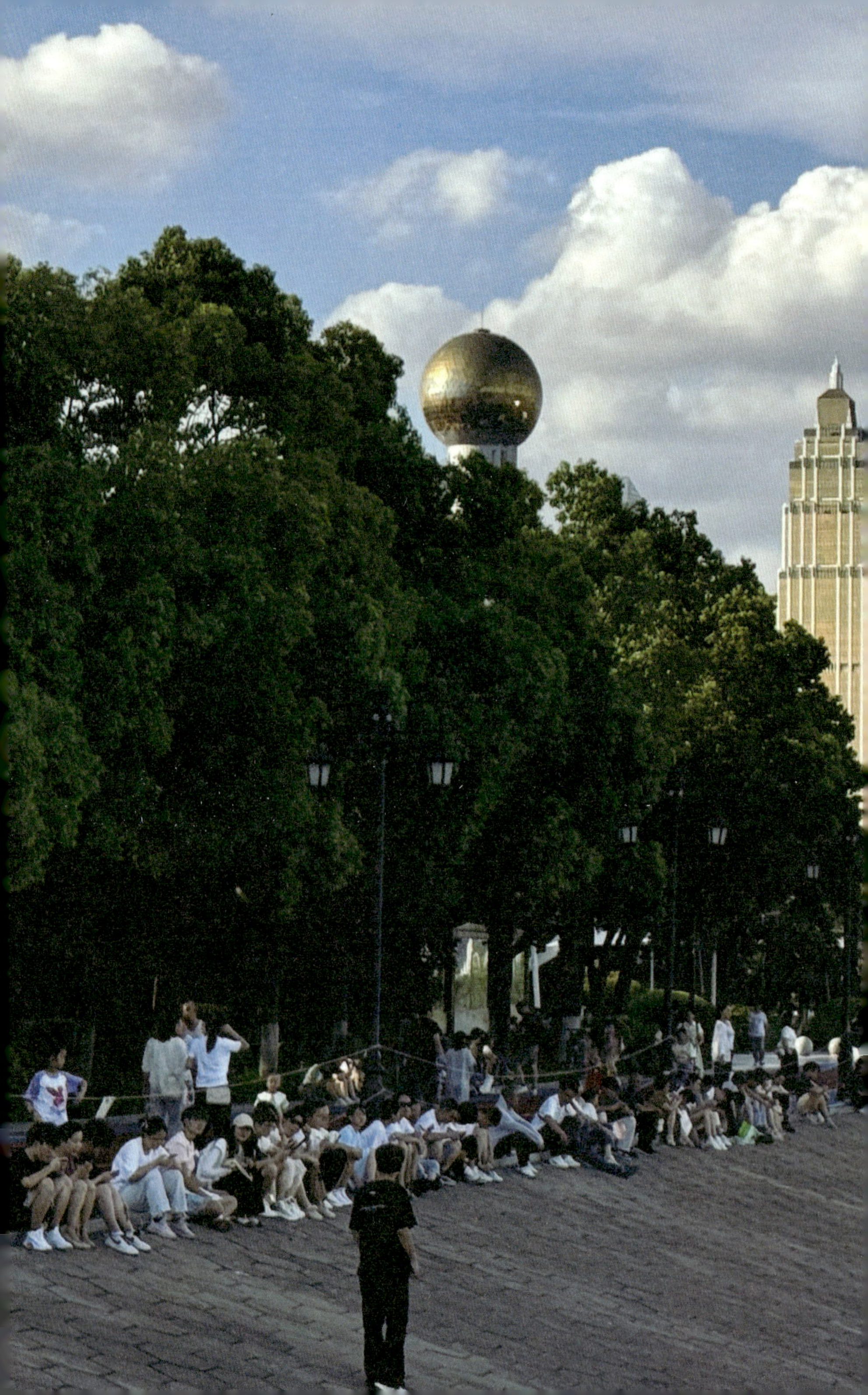

汉口江滩边的人们

在这个有着蓝天白云的下午,他们来到汉口江滩,以一种接近同样的姿势坐在堤坝上,望着空阔的江面、对岸鳞次栉比的楼群、飘浮着朵朵白云的天际——又或者什么都没有望着,也什么都没有想着,只是坐在那里。天空一无所有,却能给人以安慰,长江或许也有着同样的功用,它让他们从"实"中走出来,面对"空",享受"空"所带来的一切。

摆渡者

1

张肖雯这个名字，我是在长江科学院原副院长陈进的办公室里听到的——当天上午，我和《中国三峡》杂志副主编任红前来拜访陈进，他们在聊天中提到了她，以及她前一段时间从长江文明馆离职的事。当时虽然对他们聊到的这个人一无所知，甚至也不清楚这个名字所对应的是她还是他，然而从他们的只言片语中，我本能地感觉到这肯定是一个有故事的人。

公而言之，我是想通过这位曾经的长江文明馆副馆长了解一些长江文明馆的创建和运作过程，尤其是它在长江大保护领域所起到的独特作用；私而言之，我也想认识一下这位差不多的同龄人，她从北京回到武汉正好十年了，而这也是我从北京来到这座城市的时间。

通过任红介绍，加上张肖雯的微信之后，我们通了一次不算短的电话。在电话中，我向她介绍了要开展的创作项目，并约她见面聊一聊。与其他受访者不一样，她当即就答应了，表示忙完手头的事情之后第一时间就约我，并且很热心地把自己在长江文明馆工作的相关情况介绍了一番——这位长江文明馆的筹建专班成员、后来的展陈教育部部长和副馆长，自2014年入职以来全程参与了长江文明馆的筹建和运营工作，直至前一段时间才离开。

5月中旬的一天下午，我们约好到武汉市文联聊一聊——张肖雯的家就住在附近。独立、干练、敏锐、逻辑清晰，这就是她给我的第一印象。接下来的一个多小时里，在她极具现场感的深情回忆中，她参与长江文明馆创建和运营的这段故事也逐渐地浮现了出来。

在华中科技大学念完新闻学、英国杜伦大学念完国际关系学的张肖雯，一毕业回国就去了中国社会科学杂志社国际部做记者，后来因为中国社会科学院要筹建《中国社会科学报》，同时在各地开设记者站，她就被派回武汉筹建湖北记者站，跟博物馆和各大高校接触比较多——不过，张肖雯当时无论怎么也不会想到，她会因为这趟差事而和当时还没有一点儿眉目的长江文明馆产生关系，更不可能预见会辞了那份工作回来从事这个差事。

"湖北记者站站长的工作，主要在社会科学方面，文博行业也包括在其中，所以当时就跟各个博物馆和高校接触比较多——事实上我从小就对博物馆非常感兴趣，2012年我又回了北京。这期间，冯天瑜先生给唐良智先生写了一封信，以《借力长江文明建立区位文化优势突破中部'注意力贫困'》为题，提出'抓紧打造国际长江文明论坛，作为突破中部注意力贫困的工具'和'建设长江文明博物馆群，作为确立武汉"长江文明高地"的战略支点'等建议。冯先生提出来的其实还有第三个步骤，就是打造长江产业文化研究院，可惜的是后来没有完成，这其实是非常遗憾的一件事，也可能是我今后会念念不忘的一件事情。"

"当时省博有一点风声放出来，后来园发公司（武汉园林绿化建设发展有限公司，以下简称'园发公司'，长江文明馆是其二级单位）对外公开招募，因为这个项目是放在园发公司来做，我觉得这个机会很好，觉得武汉有魄力做这个事情，所以就报了名。我觉得这个事和我的兴趣比较契合，我自己喜欢，而且很有意义。因为我是武汉人，还能回到家乡，我父母当时也想我回来，所以'两好合为一好'，就这么回来了。"

2

不过，张肖雯无论如何都没想到，她一回来，甚至刚入职的第二天——正好是一个周六，她就要马不停蹄地赶制一份汇报方案——而且熬了整整一个通宵。"我到园发公司是2014年2月份，春节刚过完后，武汉下了一场大雪，当时急着要出一个长江文明馆的概念汇报方案，把经济长江、文化长江、生态长江这三块内容填进去，但说实话，可能大家也没有接触过这方面的内容，有点慌，就把我这个刚去的人给'抓包'了。我星期五入职，星期六就接了这个活，一个通宵没睡把方案做完，交了作业，反正最后还算满意。"

作为武汉园博园的重点工程，集中收藏、展示、研究长江自然生态和人类文明的公益文化事业机构，以及中国博物馆行业第一座集中展示大河流域文明的博物馆，长江文明馆不但被寄予厚望，而且还面临着在2015年9月第十届园博会开幕期间同步开馆的时间压力，这一难度是显而易见的。张肖雯至今还记得当时面对的那个近乎空白的处境，一没有概念，二没有方向，三没有参考，所有的内容只能靠大家一起摸索、研究——而在当时面对的一系列挑战中，一个最大挑战在于该怎么确定长江文明的精髓，又该如何去布展。

"不敢说都是我的功劳，不过毕竟我也认识一些学者专家，所以就联系了历史学家李学勤老师、《话说长江》的陈铎老师、《再说长江》的导演李近朱先生，还有北京大学哲学系的楼宇烈教授，我们就跟着刘英姿（时任武汉市副市长）到北京去拜访他们。事实上，当时没有一个专家——甚至包括冯天瑜先生——能对长江文明是什么给出一个非常权威的概念，冯先生有他的解释，但是李学勤老师、陈铎老师、李近朱导演又有他们的概念，我们就把这些专家学者的精华意见做了归总分析，梳理出了一个长江文明的线索。"

在发布全球范围内的招标之后，一些世界性的顶流公司也参与进来，提出了一些富有启发意义的概念方案。"不过我们觉得内容还不够，而且只是概念性的，所以后来又聘请了湖北省博物馆当时的副馆长万全文、湖北省社科院的张硕老师，还有刘玉堂先生，共同出具了一份人文方面的展陈大纲，又请长江水利委员会的专家出具了一份自然方面的大纲。实际上大纲分为两部分，一个是自然长江，一个是人文长江。做长江文明要理清长江的本体，因为有优越的自然生态环境，所以才衍生了丰富灿烂的长江文明，有一个逻辑关系在里面。"

"当时因为要拜访各位专家,做大纲、做对接、做汇报,一天到晚马不停蹄,几乎可以说馆里的所有业务工作都在我手上,真是非常忙。我们开会的时长有时是从早上八点钟开到晚上十点多钟,最高纪录甚至到了凌晨三点多,我回家洗个澡,洗漱一下,第二天早上继续上班,基本上都是这种节奏,如果不是因为喜欢这件事,是不可能这样工作的。"

而与此同时,另一个难题是相关展品的征集——在张肖雯看来,这也是长江文明馆一个非常了不起的地方,在连一件展品都没有的情况下,他们不得不通过文物借展、文物调拨、文物购买、标本购买、社会捐赠等可以想到的所有方式和途径,一件件地征集展品。

"当时我们真是一件展品都没有,不说标本、文物,即使标准都没有,后来我们就想了一些办法,主要通过这么几个渠道:第一个,建立长江流域博物馆联盟,我们把江西、青海、云南、四川、湖南、江苏、上海等整个长江上、中、下游的省级博物馆和省内的各市级博物馆都拉进来了,共同签了一份合作备忘录,并让所有馆长都签了字,请各个联盟单位互相支持,在开馆期间先借一批文物、复制一批文物;第二个,就是通过省博协找中国博协调拨一批文物,调拨就是走行政的方式,把文物归属到长江文明馆;第三个，就是面向社会公开征集了一批文物，征集文物，也是通过正规的渠道，走的都是正规手续；第四个，我们也做了一些艺术品和互动性的设计。最后这样才把展览给撑了起来。"

从网上查到的这些不完全统计的数据中，或许可以让我们一窥长江文明馆展品来源的"丰富"程度——从12家博物馆借展文物140件（套）；接受5家博物馆调拨文物标本75件（套）；购买各类文物1046件；复（仿）制文物55件；征集各种动物标本264件、植物腊叶标本150份、种子标本125瓶；购买地质标本31件、长江流域最典型的矿石标本37件和化石标本13件……500多个日日夜夜里，在奔赴20多个省市走访百余名专家、组织上百场咨询会、完成展陈大纲的同时，张肖雯带领团队一共征集到各类文物展品2136余件（套）。

为了开馆，长江文明馆邀请自然和人文专家小组，召开了近百场专家评审会和对接会，就两个展厅的展陈设计效果、上墙文字、多媒体脚本及视频效果、动植物标本、展陈艺术品把关——尤其是举行"长江干流博物馆馆长座谈会"和"长江文明馆主题展览专家审查会"，邀请了来自长江干流11个省市的博物馆负责人以及多位文博专家审查"长江之歌文明之旅"展览的设计方案。在这个过程中，张肖雯不但要跟进打磨展览细节，还要对接设计公司，及时跟进两个展厅的布展情况和相关整改工作，提升陈列水平。值得一提的是，这一常设展览后来广受欢迎，还荣获了被誉为文博界的"奥斯卡奖"——第十四届（2016年度）全国博物馆十大陈列展览精品推介"精品奖"，弥补了湖北省18年来没有获过此奖的空白。

3

2015年9月，在第十届园博会盛大开幕期间，长江文明馆也同步实现了开馆，张肖雯由筹建专班转岗长江文明馆，负责展陈教育部的各项工作。面对时间紧、任务重、压力大的现实，她和同事们尽心尽力、加班加点，围绕打造精品展览、征集文物展品、组织展览宣教、提升社会影响等方面切实完成了各项工作，实现了社会效益和经济效益的双丰收。

而为了持续提高长江文明馆的社会影响力和国际知名度，把长江文明纳入国际视野和人类维度中去审视，2016年张肖雯又接到了一个让她倍感压力的任务——受命前往意大利米兰参加全球博物馆年度会议，去接洽联合国教科文组织文化助理总干事弗朗西斯科·班德林，以及对接国际博协各方代表，为"2016大河对话"国际论坛的召开邀请嘉宾。

"最早讨论名字的时候，是叫'中国论坛'或者'长江论坛'，后来觉得要做长江和世界的交流，刘英姿原副市长说要不就叫'大河对话'，我们觉得这个名字很好。'大河对话'论坛做了两届，2016年第一届的主题是'大河文明的嬗变与可持续发展'，2018年第二届的主题是'汇聚大河文明——高质量发展的可持续未来'。做第一届的时候，时间非常紧，我也没什么经验，而且时间都定好了，我当时压力特别大，虽然有一个大概构想，但是没有方案，也没有内容，最主要的是请谁啊？后来意大利米兰有一个全球博物馆年度会议，我就通过中国博协的安来顺秘书长申请了一个非会员参会名额，背着市长的亲笔邀请函飞到米兰，下飞机后直奔会场，各种发邀请函，去抓人，还好没被当成是骗子，这个任务还是很好地完成了。"

在张肖雯的统筹和协调之下，第一届"大河对话"论坛也得以顺利召开。2016年9月，来自17个国家和地区约30个城市，23个国际、国内组织，14所国内外著名大学和研究机构的100多名中外嘉宾齐聚武汉，共话世界大河流域经济、文化、生态的演变轨迹及可持续发展。而这一论坛，也取得了一系列的成果——发表了"2016大河对话武汉宣言",签署了"大河流域博物馆合作备忘录",武汉市与秘鲁、乌干达的两座城市缔结为友好城市,"大河对话"也被写入了武汉市第十三次党代会报告以及武汉市2016年政府工作报告。

在张肖雯看来,长江文明馆对于大众的意义在于,这种以流域文明为主题内容的博物馆以前是没有的。"而且,我们当时没有按照上、中、下游的流域性去布展,也没有按时间发展的轴线去布展,因为整个建筑面积当时也就3.1万平方米,布展面积就1.28万平方米,在这么一个有限的空间里,这么丰富庞大的长江文明其实是做不了的,也做不出来。所以我们就听取了刘玉堂先生和万全文书记的建议,提取了代表长江文明的经典性元素作为布展的脉络,让参观者能够去充分了解长江的前世今生,很直观地看到长江的全貌——长江的三级阶梯、整个干流和支流、主要的水利枢纽工程、重要的历史文化遗址,并把这些都叠合在一起进行展示。

"因为当时的市长唐良智先生是站在一个长江流域的高度,所以也并没有特别去突出武汉,你看,哪怕我们在序厅里做《长江万里图》那个浮雕的时候,就是鲁迅美术学院雕塑系主任霍波洋教授创作的长江流域巨型浮雕,一进去就能看见长江的三级阶梯,黄鹤楼就放在一个角落的位置,武汉并没有体现在正中间,或者特别地去突显出来,并不会有一个以武汉为中心的角度。唐市长当时是从一个全流域的视野出发的,他认为长江就是人类和国际意义上的长江,并不单纯是哪一段的长江,对于他当时的这个理念,我个人是非常认同的。"

"而且,我们做的并不是传统意义上的那种展览,而是既好看又好玩,能够置身其中进行沉浸式体验,既要有教育意义,也要让人不觉得枯燥乏味的展览。所以在序厅、自然厅、人文厅和临展厅之外,我们还开设了一个体验厅,做了一个"梦幻长江"的项目,引进了"黑暗骑乘"技术和荷兰多自由度无轨电车,聘用特效大师《阿凡达》视觉总监查克·康米斯基(Chuck Comisky)设计了这个厅,让观众乘坐无轨游览车从雪域高原的各拉丹冬出发,在虚拟主人翁"琪琪"的陪伴下,经雪域高原、巴蜀奇观、高峡平湖、赤壁烽火、飞跃名楼、江南胜景和神奇纬度七个自然、人文的景观体验长江,感受长江文明。这个项目可以说囊括了整个长江的自然和人文的经典名胜,在短时间内让大家对长江建立起来一种直观印象,去记住一些代表性元素。"

"博物馆有四大功能,收藏、展示、教育、研究,其中最重要的其实就是教育功能,所以我们除了一般性的讲解,还开办了研学课堂,既有大班制课堂,也有 VIP 精品课堂,而且不光是授课式教育，还有沉浸式讲解教育，让这里成为孩子的一个非常好的科普基地。事实上，我们不单是全国科普教育基地、全国中小学生研学实践教育基地，同时还是全国水情教育基地，在2016年国家水情教育基地评审复核中，我们在全国32家单位中名列候选名单第一，被评价为起点高、视野宽、手段新、机制好、名副其实的国家水情教育基地！"

与此同时，在长江文明馆逐渐走上正常轨道之后，2017年6月，文明馆领导在美国慈善家肯尼斯·尤金·贝林捐赠的1400余件动物标本的基础上，决定在北厅筹建武汉自然博物馆·贝林大河生命馆——被认为是"救火队员"的张肖雯又投入到了这座新馆的筹建中。

新馆的标准之高、期望之大，虽然又让张肖雯"压力山大"，不过她还是迎难而上，最终圆满顺利地完成了这一近乎不可能完成的任务。在她看来，这是武汉市的第一座自然博物馆，可以填补华中地区自然博物馆的空白，也可以实现面向未来的科普教育功能——以大河为背景、以生命为主题、以贝林捐赠的标本为基础，以长江对话世界大河为布展理念，围绕大河、生物、人类的重点内容，利用近3000件古生物、现代动植物标本和多种展陈手段，展示大河相关的地学背景与河流自身的生命史，世界代表性大河的生物多样性、联系性与差异性,以及生态系统演替与生命演化的自然规律,同时也可以收藏世界大河流域具有科学价值的动物、植物、古生物、古人类、地质矿产等自然标本与生物基因资源。

时至今日,张肖雯还清晰地记得这十年来在长江文明馆所做的一个个展览:"穆穆曾侯——全国十大考古发现:郭家庙曾国墓地特展""神秘的古蜀王国——三星堆、金沙遗址出土文物珍宝展""长江颂国际书法收藏大展""武汉自然博物馆非洲动物展"……而在这些引起众多好评和广泛影响的大型展览之外,她同时也对一个与"长江十年禁渔计划"有关的小型展览念念不忘——在她记忆犹新的回忆中,我也得以了解到那个展览的相关情况。

为了提升长江水生生物多样性、保护长江生态,2021年1月1日0时起,"长江十年禁渔计划"正式开始实施。而长江文明馆也以自己的方式参与了这一计划,张肖雯还记得2021年10月举办的那场"长江十年禁渔计划"见证物捐赠仪式,当时江夏区农业农村局和江夏区南北咀综合开发总公司捐赠了20件文物,与"长江十年禁渔计划"相关文件和长江流域鱼类标本在自然厅第八单元综合展出,呈现了一段"刚刚发生过的长江历史"。张肖雯觉得,举办这样的展览具有非同寻常的价值意义:"其实,为了秉承为明天收藏今天的理念,我们有责任展示'十年禁渔'的物件,让以后很难再看到这些物件的市民们,有地方能够了解这段历史。"

4

作为一个地地道道的武汉人,虽然在武汉出生、长大、求学,而且家就住在距离长江很近的地方,但是在张肖雯的规划中,她从来也没有想到自己会做一份与长江有关的工作。

"我是在武汉出生长大的,家里距离长江也不算远,我小时候印象最深的是长江发洪水,那个水一上来,整个地上就被淹了……不过,我从来没有想过以后会从事跟长江有关的工作,老实说,我从来没有过这样的想法。你要说我当年就有这么高的认知,那也很不现实,只是说在参与了筹建长江文明馆,尤其是参与了做两座馆、两个论坛,以及这么多的展览和活动之后,在接触了长江的种种以后,我对它的那种感情就完全不一样了。"

参与长江文明馆的筹建和运营,让张肖雯对长江有了另外一种认识。"我是2014年回来的,当时'长江'并不是我考虑的主要因素,只是觉得建一个博物馆很有意思,而且这么大的一个项目，对个人发展来说也非常好，所以我就回来了。不过后来在参与长江文明馆的筹建和运营的过程中，我也了解到了非常多的内容，比如会去看这方面的书，也看了很多，慢慢发现还是有很多东西是不知道的，相关的知识也比较贫乏。在这个过程中，我自己所得到的成长其实非常非常多，所以跟长江的感情也就特别难以割舍。"

当初，从北京回到武汉的时候，张肖雯还被父母寄予了"解决个人问题"的希望，不过这一点并未实现。"从北京回来，一直到今天，我从来没考虑过结婚的事。忙啊，真是忙，实话实说，我从北京回来，其实我爸妈有私心，就是让我回来帮我张罗一下个人问题，回来之后发现更忙，没日没夜地忙。"那么，他们对你失望了吗？我问道。"还好，他们自然而然地就接受了。我父亲是属于老一辈的企业家，一辈子都在搞事业，他觉得反正不结婚也行，那你就好好做事业呗，而且这个事业是你喜欢的，你也做得有声有色，那就支持你嘛。我妈妈也还好，她原来上班，后来身体不好就退休了，她也没有说一定要我怎么样。"

采访快结束的时候，张肖雯在我对面笑着说道——虽然目前已经从长江文明馆副馆长的岗位上离职了，但是她对之前所参与的一项项工作依然充满了深情的回忆。当然，我也无意夸大张肖雯在两座馆、两届论坛和运营过程中的作用——那也并非事实,但是就她个人来说,我望着坐在对面的她不禁想到——她,当然也包括她背后的那座长江文明馆的所有决策者、建设者和参与者,他们为一年年前往长江文明馆参观的人们带来了什么呢?

当时我没有想清楚的,现在逐渐有了一个清晰的答案:从某种意义上说,张肖雯——至少作为长江文明馆一个主要参与者——其实是一个长江的摆渡者,她为那些参观者们摆渡出了一条完整的长江,让他们在短时间内以一种直观的方式深入了解长江,了解长江作为这个世界上第三大河流的意义,并把那份意义内化在自己的感受和记忆之中。是的,虽然很难用具体的数字去量化这一工作的价值和意义,但是却绝对不能小觑——因为这一座长江文明馆的存在,因为她和她背后的人的工作的存在,让长江在所有的参观者心里变得不一样了,那种不一样将会在以后的日子里不断释放出来,作用于现实之中的那条长江。

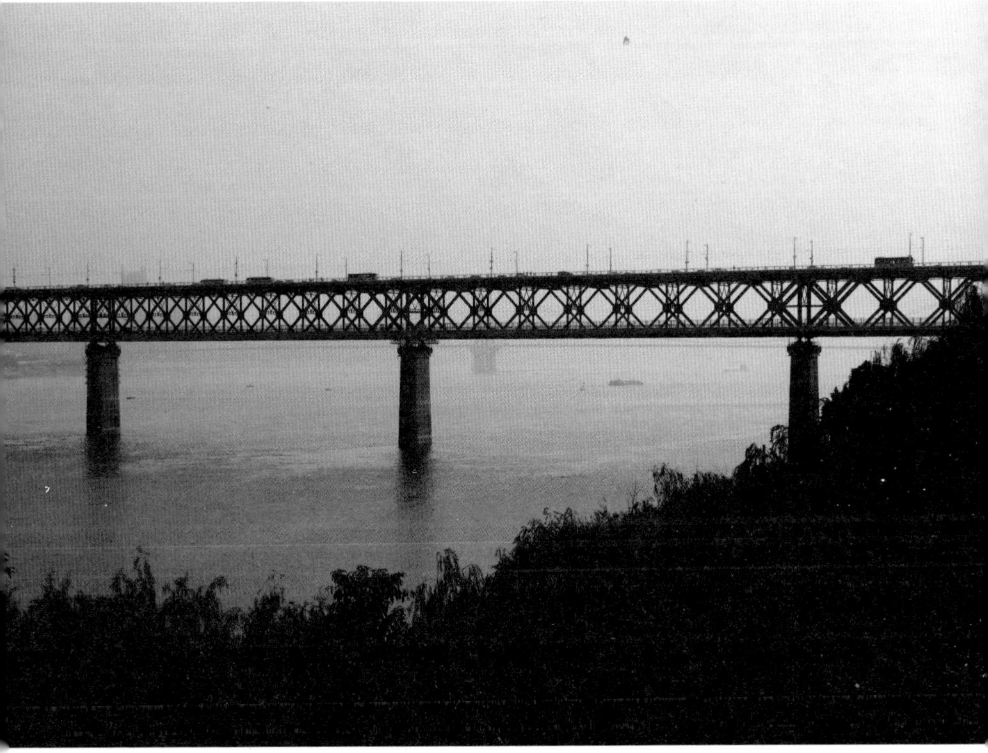

在武汉绿地中心 46 楼看见的长江

从每个高度看见的长江都不一样。在武汉绿地中心 46 楼,我获得了一个之前从未有过的观看长江的高度,接下来,我又获得了一个更高的高度——武汉绿地中心楼顶停机坪的高度。缓缓降落下来的暮色,让它在这座城市的地表之上更突出,也更安静。但是,无论 46 楼还是楼顶停机坪的高度,都没有让它更渺小——相反,它从我置身的高度中更"大"了起来。

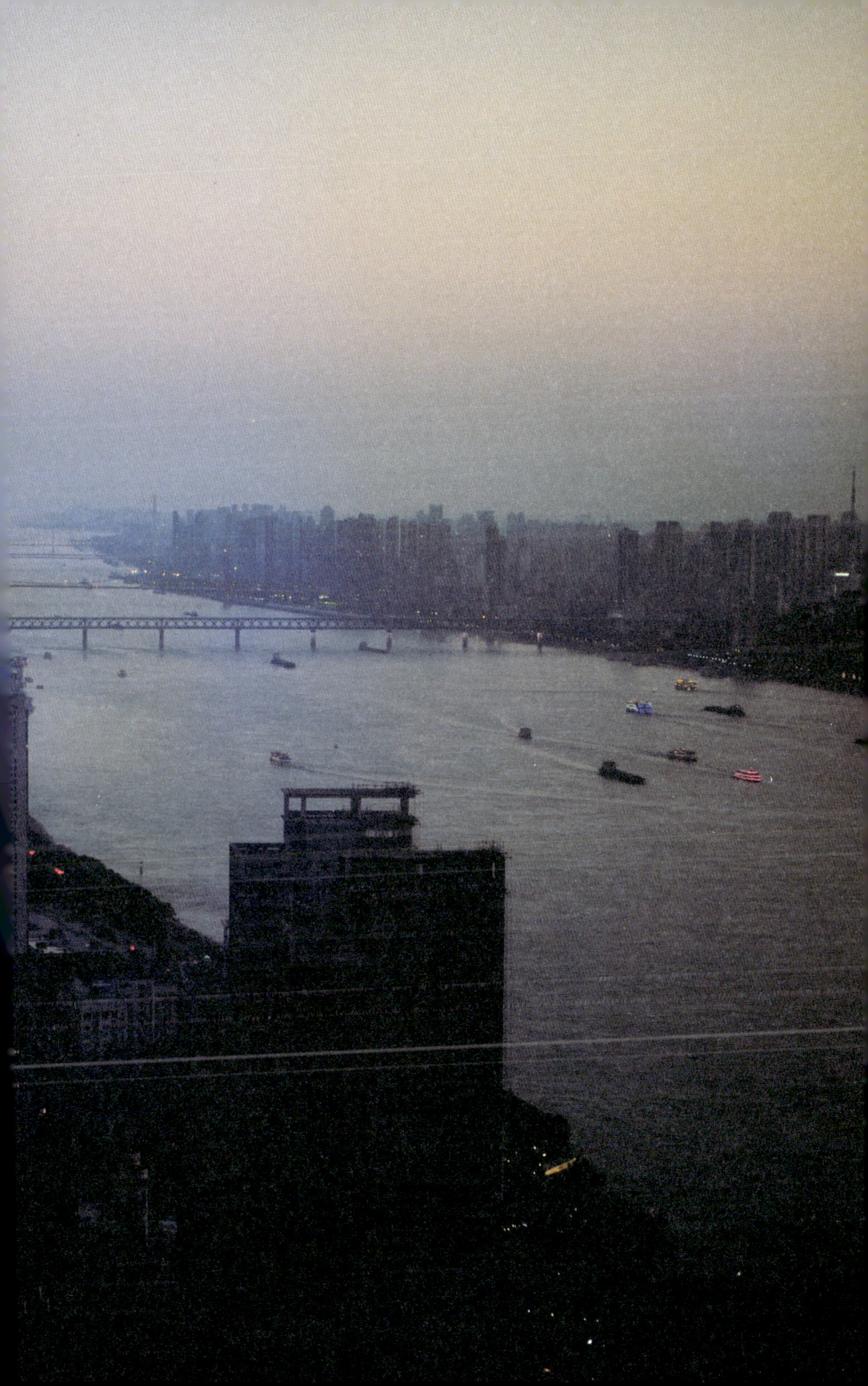

长江课

1

这是我第二次见到向丽华了。第一次是在一个月之前，从她当时略显正式和官方色彩的介绍中，我大致了解了她负责的"江滩大讲堂"系列讲座活动——三年前，为了"打造百姓身边的水情宣讲阵地"，普及水历史、水文化、水常识、水生态、水科技、水法规、水政策，引导公众知水、节水、护水、亲水，武汉市水务局和长江日报社联合策划推出了这一品牌活动。

现在，一个月之后，我又回过头来向她继续了解这一活动——随着对"长江大保护"这一主题的逐步深入采访，我越来越觉得，"江滩大讲堂"实在是一个难以被绕开的话题。事实上，与其他活动不同的是，它在大众和精英之间架设了一种常态连接，以一种虽然并不直接但其深远作用力却完全并不输给那些直接性活动的方式，在最广泛的意义上让普通市民群众参与到了"长江大保护"中——这种参与，也即是在认知层面不断深入甚至重建。

从 2002 年 9 月来到江滩工作算起，直至今年，向丽华已经在武汉江滩管理办公室工作了整整 22 年。在最初那两年里，她作为汉口江滩的一名讲解员，负责向全国各地的参访团和市民游客讲解汉口江滩的历史和综合整治——当时，刚刚从江汉大学汉语言文学专业毕业的她，一参加工作就迎来了刚刚"毕业"的汉口江滩，这很难说不是一种冥冥之中的缘分。

在江滩的这 22 年，在向丽华看来，既牵系着过去同时也指向于未来："能在江滩工作，我非常荣幸和自豪。作为一个非常团结也非常年轻的团队，我们见证了江滩从无到有、从出发到发展的全过程，从仅仅管理汉口江滩到两江四岸江滩的统一管理，可能以后还要参与全域江滩管理，每个人都在尽自己最大的努力，希望武汉江滩的明天会更好。"

从事文化宣传工作的她，在 2021 年年初参与创建并一直负责"江滩大讲堂"系列活动——当然，这也仅仅是她日常工作的一小部分。不过，即使作为日常工作的一小部分，她还是和同事们一起把这些活动办得有声有色——同时她一再向我强调,并不是由她一个人在负责:"('江滩大讲堂')是我们综合办公室整个团队在负责。我们有四个人,每个人的分工不一样,大家一块儿干活。从选题搭建到老师的邀请、观众的邀约,再到后期的宣传,都需要一个团队共同打造。"

从2021年3月28日的第一讲开始算起,"江滩大讲堂"至今已经举办了23期。"水对武汉的十大塑造""滚滚长江东逝水""无鱼不成席""为什么防汛是武汉天大的事""'诗仙'李白为何成为武汉的'常客'""三次大洪水的记忆""百里美滩怎样'挽起'武汉'江湖'""'十年禁渔'背景下的长江鱼类保护""'微笑天使'江豚与长江的情缘""端午是一条河,从楚国流过""长江国家文化公园与治水文化""汉水改道形成武汉三镇,这是真的吗?""古老长江与华夏文脉"……往期的这些主题,直接而又精准地呈现出了"江滩大讲堂"的主旨。

非常巧合的是,在了解到这23期的讲课内容之后,我才发现第一期的主讲人竟然是我非常熟悉的诗人、作家、媒体人李皖——他同时也以乐评人的身份为大众所熟知。在两年多之前的那期课堂上,李皖从"湖北人为什么会被叫作九头鸟""武汉女人为什么这么好"等极具大众关注度的话题切入,分享了对于水与武汉、水与武汉精神、水与武汉人个性等关系的个性化思考——某种意义上，这也是他大学毕业后这么多年来对于武汉的认识史。

在两周后的一天晚上，当我在酒桌上向李皖说起这堂课的时候，他还记忆犹新——甚至还能准确地说出来当时所讲的内容，并现场向我回顾了他的一系列独特认识。而我当时的一个感受是，印象中几乎还没有人那么独辟蹊径地讲述过水对于武汉这座城市的塑造。

2

在向丽华的记忆中，"江滩大讲堂"最早可以追溯到汉口江滩举办了十几届的"芦花文化节"。这个文化节，得缘于每年10月至12月间江滩上绵延6千米的飞雪般盛放的芦花。汉口江滩整治之后，观景平台下的滩地非常适合芦花、荻花的生长，随着江滩不断向下游开发，这些湿地植物也就渐成气候，形成了其他城市江河滩涂中鲜见的大面积天然芦苇荡。

"原来在做'芦花文化节'的时候，我们邀请到武汉大学的李敬一老师讲过一次课，他讲的是与长江有关的诗歌。当时课堂放在了户外，李老师也非常兴奋，他觉得能在长江边讲长江诗词特别幸运，很多学者可能一辈子都没有这样的机会。那堂课非常非常'燃',之前我们还担心观众会不会中途离场,事实上,从头到尾都没有一个观众离场,现场反响非常好,后来也引起了社会的广泛关注。市水务局和江滩办的领导就觉得江滩是城市窗口,有必要在这个市民大舞台中穿插做一些文化活动,让长江文化、水文化、地方历史文化,以及一些治水理念等,能够更好地被市民群众接纳,所以就和长江日报社一起筹备了'江滩大讲堂'。"

时至今日,向丽华还记得"江滩大讲堂"第一期的活动。她向我回顾了当时的盛况:"第一期活动,是长江日报社的李皖老师讲的,他站在城市观察者的视角,分享了对水与武汉、水与武汉精神、水与武汉人个性等主题的思考。活动是在户外举行的,就在江滩张拉膜下方的一片空地,'枯石思雨'那个景点旁边。参加活动的观众很多,有一百五十人左右,我们准备了一百五十个座位,但是有很多旁观旁听的,具体人数就没办法统计了。在活动结束的时候,我们武汉知名的民谣歌手冯翔还唱了一首他的新歌《二十四节气:夏秋谣》。"

不过,为了课堂效果和现场坏境,"江滩大讲堂"后来的很多活动都是在汉口江滩的游客服务驿站里开展的。在向丽华看来,"人太多了也不好,达不到效果,还是要有一个相对安静和好管控的环境。每次如果有五六十人参加,效果就会比较好。就像今年2月份我们做过中科院水生所刘焕章研究员的一期活动,他讲的是'"十年禁渔"背景下的长江鱼类保护'。那一期也非常火爆,观众的参与度很高,当时也是放在了游客服务驿站"。

"我们江滩有一个微信公众号,上面有很多粉丝,每一期活动内容我们会发,《长江日报》的微信公众号也会发,市民想参加的话就可以报名。我们还做过一个打卡的小册子,就是每参加一次'江滩大讲堂'就可以盖个戳,兑换文创小礼品,这也是一种吸引观众的方式。还有一些就是定向邀约,比如说与治水和江豚保护相关的领域,我们会定向邀约相关单位的工作人员来参加。另外,主讲嘉宾也会有自己的粉丝群体,有一些观众会因为他们而来参加。"

"我记得有一次,是哪个老师讲的课我不记得了,在互动环节,有个阿姨主动举手,她当时表现得很兴奋,和老师的互动非常积极,也提了一些非常专业的问题。讲课老师也觉得很难得,他可能没想到在一个面向普通大众的讲堂上,还能够碰到一个这么专业的观众。后来,那个阿姨基本上每场活动都参加,可能对水务方面非常感兴趣吧。"

"这个活动,让更多的市民朋友爱上了江滩、停留在江滩、更多地往返江滩。而在这个过程中,也有很多市民朋友看到了江滩志愿服务的招募启事,愿意报名加入江滩的志愿者团队中来，我们有一个'爱在江滩·阳光志愿服务队'，就是鼓励大家加入我们的团队里面来，共同参与文化活动以智慧育人。高手在民间嘛，我们的志愿者团队中也不乏文化底蕴深厚的高手或水环境领域的专家，他们也参与到我们'江滩大讲堂'的活动中来，甚至作为主讲老师讲课。所以这个活动也逐渐形成了一个良性循环。"

3

在"江滩大讲堂"之外，在向丽华看来，武汉江滩所开展的中国传统文化推广、地书大赛、"低碳婚礼"等活动也别具意义，它们在某种程度上和主题讲座形成了一种活动矩阵。

"有一年端午，我们和武汉市中医学院联合起来做了一场活动，传播中医文化，现场还为每个来参加的观众赠送了一个中药香囊。我们还和地书协会联动，邀请地书协会的老师现场为大家书写扇面，传播书法文化，观众也非常喜欢。这样的一些小礼品虽然价值可能不高，但观众喜欢，觉得非常有意义，不仅可以从中学到一些知识，还能够接触到相关的文化内容，在形式上比较多元、丰富，互动性也非常强。"

"做地书活动最早是在2013年，当时我们发现在江滩上有很多蘸着清水在地上写字的书法爱好者，我们就想举办一个市民参与度比较大的活动，将这种高雅的爱好从江滩传播出去，让书法爱好者成为共同缔造江滩的参与者。这个活动做了十几届，每一届都很火爆，主题也非常大气，叫作'饱蘸长江水，书写大武汉'，以江滩为纸、江水为墨，让大家尽情书写心中的长江文化。当时有几百人参加，他们在江滩25米平台上面一字排开，面对长江进行书写，场面非常震撼。事实上，当时每一个来参加地书的人都会觉得，江滩确实是一个最好的书写场地，其他城市也没有这么大的临江场地，来供这么多的书法爱好者共同书写。"

"另外，我们还一直在做'低碳婚礼'，为什么叫'低碳婚礼'呢？低碳环保嘛，这个创意的出发点就是追求环保的低碳生活。接亲的车辆就是江滩上的四轮脚踏车，大家在天然舞台上举办集体婚礼。这个活动每年做一次，已经做了十来年了，也受到年轻人的欢迎。"

在向丽华看来，多年来举办的这些活动也达到甚至超出了原来的预期，它们以潜移默化的方式发挥着作用，拉近了市民群众、广大游客与长江之间的距离——在他们不断地走近长江、了解长江的同时，长江也成为一个可以被看见、被接近、被参与的对象。

"通过这些活动，很多人看到了江滩的开阔和大气，见证了城市从与水相争到人水和谐的现实转变，感受到了长江和武汉这座城市的关系，他们也非常震撼。其实，江滩是一个堤防工程，首要目标是抵御洪水，如今也成为一个人民乐园，打破了原来武汉人'临江不见江'的尴尬局面。在这里人们不仅可以健身、游玩、观景，还能了解到江滩的历史和建设成效，还有长江文化、治水文化、渡江文化等一系列深度内容。这里就像是一个天然的课堂、长江的课堂，它成了一个将堤防、人文与游客三者相融合的典范工程，所以就我自己来说，我觉得武汉江滩对于长江大保护的意义可能是其他地方比不了的。"

"武江江滩目前形成了830多万平方米的百里长江生态廊道，是全国范围内最大的国家水利风景区，2022年武汉江滩还收获了'国家水利风景区高质量发展标杆景区'的荣誉称号。"对武汉这座有着一千三百多万人口的城市来说，江滩构成了一个其他任何场所或空间都难以比拟的公共目的地。这一点，单单从数字上就可以体现出来——目前，据不完全统计，每年来江滩的市民、游客达5000万人次，仅此一点，就足以说明社会大众对于这里的广泛认可。

"我们目前管理的，就是汉口江滩、武昌江滩、汉阳江滩和汉江江滩的一部分。其实不光是在汉口江滩，每个江滩都自主开展了一些文化活动，除了前面所说的'江滩大讲堂''芦花文化节''地书大赛''低碳婚礼'之外，还有国际渡江节、中法音乐节、中秋晚会、七夕文化节等江滩自主创办或协办的一些文化活动，形成了一个长江水文化传播阵地，或者说长江文化样板。我平时也没什么兴趣爱好，可能也因为工作比较忙，所以有空就会参与这些文化活动。这么多年来，其实这也是我觉得在江滩工作最有成就感的地方。"

4

我说，这一点可能也跟你学汉语言文学专业有关系，如果当年学的是理工科专业，做这些文化活动可能也不会产生这样的效果。向丽华虽然表示认同，不过同时也把功劳指向了其他人："这些活动，其实也是因为有同事们的通力协作以及很好的合作团队，包括跟长江日报社这些年的合作，双方建立了很好的默契。还有跟《楚天都市报》《武汉晚报》等媒体的合作，既有战略层面的支持，也有现实落地的协同，所以我们才能有这么好的策划创意和呈现效果。"

"事实上，江滩的历届领导班子也比较有情怀，愿意在文化上投入，也给我们创造了施展空间，特别是做两馆，一个是横渡长江博物馆，一个是武汉防汛陈列馆，大家共同见证了江滩的建设和发展，怎么做文化活动、江滩怎么管理、怎么打造志愿者团队等，大家对江滩非常——"

"——非常钟爱。"这时候她停顿了几秒钟，最后确认道——"嗯，是的，是'钟爱'。"

接下来，向丽华还提到了我之前采访过的武汉市水务局原局长傅先武——汉口江滩的另一位"讲解员"。"2002年10月份，汉口江滩一期开园——一期就是从我们现在的位置一直到粤汉码头。当时傅局长是亲自上阵讲解的，可能我们有时候会比较官方，但是傅局长就和我们不一样，他会把建设中的一些故事或者决策过程呈现出来，不需要任何底稿。我们后来再讲解的时候，也会从他的讲解里面吸取到很多内容。傅局长对江滩更是钟爱，在他离任之前的那些年里，可以说把全部的心血都用在了江滩建设上，在我看起来确实是这样的。"

而作为武汉江滩年轻梯队中的一员，向丽华从前辈们身上所感受到的对江滩的这份"钟爱"，事实上也早已成为她自己的"钟爱"——这一点，从下面的这两个例子也可以验证。

"我们家距离汉口江滩也不远，我家里人也都非常喜欢江滩的环境，晚上下了班，遛娃啊，锻炼啊，一般也都会在江滩，可以说，一天到晚我都是在这里度过的。白天在这儿工作，晚上又来到这里，有时候我甚至还会有一些'职业病'，就是在下意识的反应中就会显露出工作时的状态，比如说，在看到小孩在江边玩的时候，我就会过去劝，提醒他们防止溺水。我孩子有时候就跟我说：'妈妈，你不是下班了吗，怎么还要管这些？'"

"有时候，到全国其他跟水有关的城市，我也会不自觉地对比，比如上海，我就觉得外滩周边的建筑可能更美，武汉的江滩则让城更加开阔。我原来做讲解员的时候，也接待过很多考察团，他们对江滩的建设情况问得也比较多。我们出去考察或者旅游的时候，也会看到江滩的很多建设理念在别的地方有所呈现，说实话，这也是我们觉得引以为豪的地方。"

采访结束后，我告别向丽华，但是接下来我并没有走向江滩的出口，而是又拐向了它的更深处。在这个拥有蓝天白云的夏日傍晚，江滩像是产生了某种让人难以逃脱的引力，吸引着我一步步往里面走去。也不单单吸引着我，事实上，此时此刻江滩上到处都是人，他们在这里展现出了自己最为放松惬意的一面——看着眼前这一幕，我觉得向丽华说得非常对，江滩确实为来到这里的人提供了一种潜移默化的教育，无论是这里常年开展的那些活动，还是长江在这里形成的那种图景和气象，都在为我们呈现着一堂最好的"长江课"。

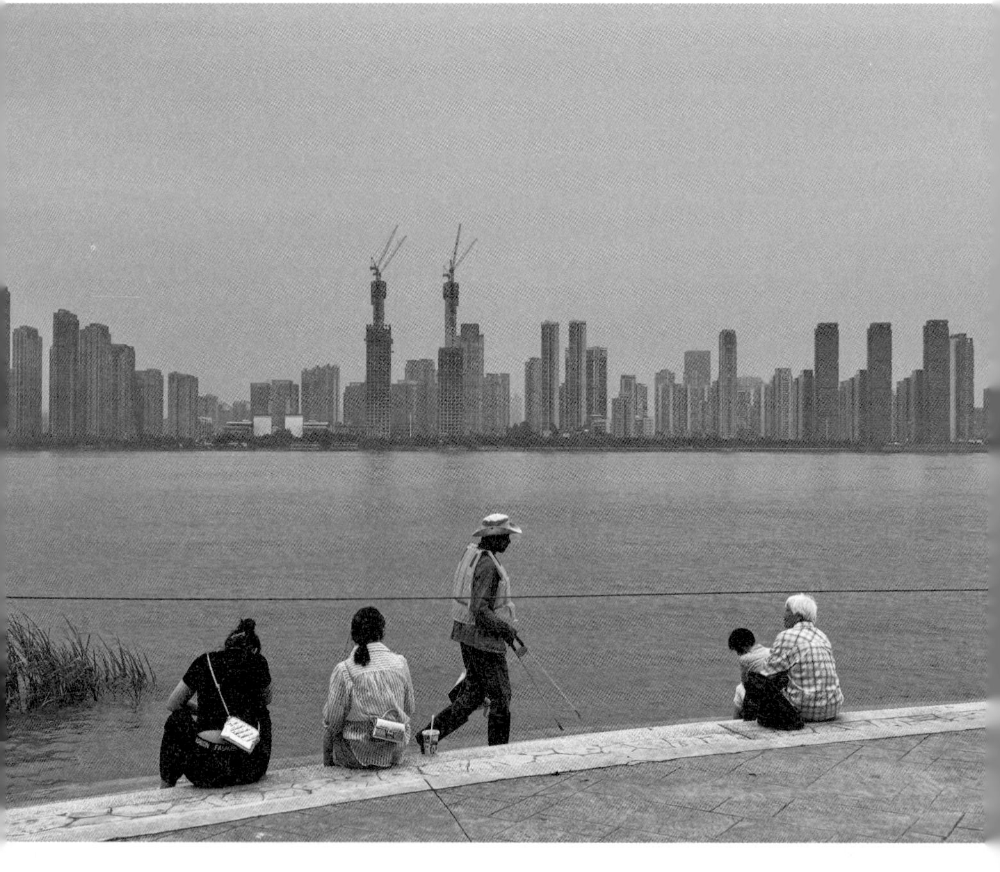

汉口江滩边的志愿者和市民

    他是他们中间的一员,他们是一群自愿守护江滩的志愿者。捡拾垃圾,这种不算是工作的工作,更加说明了他们对于这条江和这片江滩的责任意识。这种意识,并不完全来源于对"长江大保护"这一国家政策的领悟和践行,也可能是出于一种习惯、情感、运动或者生活方式。但无论是出于哪一种,都呈现了这样一个事实——他们是为了这条大江而来的。

净滩使者

1

下午,细雨中,站在汉口江滩的三阳门外,我却怎么也找不到贺爽昨天发来的那个叫"三阳广场"的地方。两周之前,第一次见面的时候,她向我提到了两位"很有故事"的志愿者,我拜托她找时间约她们一起见一见——今天下午她终于把她们和我的时间"对拢了"(对上了,武汉方言)。

仿佛预见到了我找不到,几分钟之后,这位1991年出生的看上去还像大学生模样的武汉市江滩管理办公室公共服务科科员非常及时地出现了。"在里边呢!"她站在江滩的台阶上朝我招了招手,又指了指江滩里边的那排房子说。原来她和我约的那个采访地点——游客服务驿站——同时也是党群服务站和志愿服务之家——并不在三阳门外面的马路边。

她为我约来的"爱在江滩"的两位志愿者已经到了，并排坐在接待台后面，穿着志愿者红色 T 恤衫的是六分队队长肖桂香，戴着志愿者红色太阳帽的是四分队队长吴翠云。贺爽为我们做完互相介绍后，这两位已经过了 70 岁的老阿姨都安静下来，把胆怯的目光移到了靠着的桌面上和地面上——虽然那儿并没什么值得去注意的东西。我马上就明白了，我这位"作家老师"——当然还有她们眼中的"领导"贺爽——让她们感受到了某种压力和局促。

我安慰她们不用紧张，主要就是聊聊天——贺爽也表达了这一点。不过我起到的作用不大，在她们眼中的"领导"贺爽说完之后，她们这才稍微放松下来，主动聊起了各自的情况。

2

老家在武汉硚口区的肖桂香，在读完初中之后就下了乡——1974 年随父母一起到了湖北麻城。"当时我们就是随着爸爸的单位机械局下来的，1974 年 9 月 28 日，那一年我 20 岁，就住在麻城当地的农民家里，平时就跟着他们一起下田种地、插秧，那时候是八分钱一个工，我还记得很清楚。我一共在那边待了两年，1976年年初回来的，回武汉就到了长航下面的一个单位上班，从1976年开始一直干到退休。"

"原来我做的就是船员，哎，就是跑船的嘛，"肖桂香低着头说，她把"船"的读音说成了"全"，"跑南京到临湘的那个油轮……湖南临湘，这个船就是往来运油的。"在她并不流畅的讲述中，我大概弄清楚了她退休之前的工作，她曾经是长航的一名水手，在江苏南京和湖南临湘之间跑船，运输原油。至于她的工作内容，"主要就是打钢丝啊，打八字的钢丝，船到了可以固定住不让它跑嘛"——她是那条船上的水手，而她的丈夫则是那条船上的水手长。

20世纪90年代，退休之后的肖桂香也没闲下来，先是到处打过二十几年工，做保洁、做后勤、刷盘子洗碗，2018年又在邻居带领之下加入了"爱在江滩·阳光志愿服务队"。"有一个朋友，也是我的一个邻居，她说汉口江滩有志愿活动，问我要不要过来，我说可以啊，后来她就把我带过来了。我来了之后觉得还蛮有意义，正能量嘛，所以我就开始做志愿者了。"

在成为志愿者之后，肖桂香有事没事总喜欢到江滩来走一走、看一看。除了在长江边捡各种垃圾，她也会做一些引导游客、维护秩序的工作，有时候还帮残疾人抬一下轮椅、给游客带带路。家人担心她年纪大了吃不消，于是冬天气温低了她就中午来，夏天气温高了她就晚上来，多年来她在汉口江滩年均服务超过200小时——仅2023年在汉口江滩的服务纪录就有100多次，因为勤劳肯干、热情友好，她还被队员们推选为六分队队长。

后来，在肖桂香的带动之下，她的老伴潘国华、儿子潘俊超、孙子潘赠臣也加入了"爱在江滩·阳光志愿服务队"。"我老公身体不好，有糖尿病，原来他很喜欢打牌，一开始他送我过来，后来我就要他也过来。他在家里打牌反正也没什么意思嘛，来了江滩还能锻炼一下身体、呼吸一下新鲜空气嘛。"而除了参加净滩活动，他们一家三代人还经常参与汉口江滩组织的端午节包粽子、腊八送春联、关爱孤独症儿童等活动——2022年，武汉电视台《一城好人》栏目听说了他们一家人做志愿者的事迹之后，还做过一期专题报道。

值得一提的是肖桂香9岁的小孙子潘赠臣，这位育才二小的小学生也是一名资深志愿者。每当爷爷奶奶到江滩，只要放假在家，他就会跟过来，沿着江滩仔细巡查，不放过每一个烟头和塑料瓶——仅2023年，他的服务次数就达到了34次，累计志愿服务时间也超过了200小时。

肖桂香告诉我，她之前还有一些别的兴趣爱好，不过那都是以前的事情了:"我以前经常在外面跳舞,还打过那个腰鼓,有一段时间还跟别人一起在公园里做过时装走秀,后来就都没有搞了。"当我问及原因的时候,她不好意思地笑了笑,给出了一个我没想到的原因:"哈,我自卑了,就不愿意参加了,那些时装走秀的,人家都要一米六以上,我个头矮。"

但是,来做志愿者也没有一分钱,在家里休息,难道不是更好吗?我问道。"报酬不报酬的我没想过,而且也不能一直休息嘛,来江滩还能锻炼锻炼。再一个,把江滩搞干净了也好看嘛,烟头、垃圾我们都可以捡一捡。像今天,我就把老伴、孙子都带过来了,我说下午三点钟有个采访,反正又不下雨,我们一点多钟就来了,来了也没得事,就去捡了四十分钟的垃圾。这两天水涨上来了,人也不多,垃圾也不多。"

肖桂香不善言辞,每说完一句话,总是会习惯性地低下头。接下来,当我问她是否了解"长江大保护"这个口号时,令我感到十分意外的是,她表示不知道:"我手机看得少,电视也看得少,具体的什么口号我也不会说,反正就是扎扎实实(去做)就行了。"但是对于长江这些年来的变化,她是非常清楚的:"以前看到长江水是黄的,浑黄浑黄的。还在长江里跑船的时候,我看得蛮清楚,有时候就是浑的,现在这个长江水就变得蛮清亮了。"

对于来汉口江滩做一名志愿者,肖桂香归结于对长江的感情:"主要还是对长江有感情吧,有感情是因为一直生活在这个地方。"在她的认知里,汉口江滩甚至比上海外滩还要好一些,怕我不相信她的话,她马上又举了女婿的例子来向我证明这一点:"有一次我的女婿过来,我晚上还把他带到江滩这边来了,他也说武汉的江滩比上海的江滩还要好看一些。"

3

而与肖桂香年龄相差一岁的吴翠云,之所以会加入"爱在江滩·阳光志愿服务队",除了与肖桂香差不多的原因之外,可能还有着另外一些更为久远和深层的原因——"读高中的时候,我在学校里就开始做义工了,在食堂里面帮忙卖饭,我都没要他们一分钱"。之前,在我与肖桂香聊天的过程中,坐在一旁一直沉默不语的吴翠云,现在就像是突然变成了另外一个人,语速极快的她,以一种我几乎听不清楚字句的速度讲述着她的那些往事。

"我叫吴翠云,今年73岁,家住汉阳。我初中、高中都是在武汉17中读的,高中读完后去了应城,1973年5月

4日下放到应城做知青。当时没高考了，高考已经取消了，我就去应城下面的农村教了四年书，小学五年级以下什么都教过。后来我找到村干部，说你们紧（一直）把我困在这里'搞么事（做什么）咧'，当地有化工厂、纱厂我又不愿克（去）。我一个姐姐学财会统计的，当时在嘉鱼县当广播员，一直不能回来，调也调不回来，她蛮想回来，我也蛮想回来，蛮想回武汉，我说回武汉扫厕所我都愿意克（去）。当时就是想家，后来就回来了，回来之后最开始在武汉毛线厂，后来又调到汽车零配件厂，一直干到2012年退休。"

"退休前，我是在汽车行业做汽车零配件，主要是给长汽做配件，就在我们社区做志愿者，做了好多年，之后在外面参加了一些徒步、爬山的运动，因为我喜欢运动。后来年纪大了，我就去循礼门地铁站做志愿者，给老弱病残帮帮忙，抬抬轮椅什么的，我现在还是五号线地铁志愿者的支队长，管理一些大学生志愿者，后来也到了江滩做志愿者，还碰到了一些原来在江滩做运动时就遇到的志愿者。"

吴翠云是一个闲不住的人，用她自己的话说就是——"只要还走得动，我就要到江滩来"。她是这么说的，事实上也是这么做的。自从2019年成为志愿者之后，她一年中甚至超过330天都会来汉口江滩开展志愿服务——今年，她的服务纪录已经超过了200次。她做得最多的是清洁工作，沿着长江捡烟头、垃圾袋、塑料瓶等，一捡就是好几个小时，不让任何垃圾污染长江——而因为她的积极、热情、吃苦耐劳，还被队员们推选成了四分队队长。

不过，吴翠云也表达了最初来做志愿者时的委屈："一开始我们来做志愿者，有些人还不能理解，有些清洁工觉得我们好像在跟他们抢饭碗，还有些人觉得我们在作秀，说我们不拿钱有什么好做的。我就跟他们讲：'你不做，我不做，那环境靠谁来保护。'我也有蛮多委屈，不过现在强多了，市民游客也都蛮自觉的，不再乱丢垃圾了，都还蛮积极地支持我们的。"

"干这个也没回报，能图什么呢？其实就是丰富老年生活嘛，做点志愿服务，锻炼身体。江滩的空气也很新鲜，在这里走走，捡捡垃圾，每天捡一点少一点嘛，我就是这样想的。江滩变干净了，我也很高兴。长江是我们的母亲河，我们吃的喝的都靠长江，不是天天都在提倡'长江大保护'嘛，我们大家都要共同努力。你看我每天在江滩捡垃圾，也算是'长江大保护'吧！反正我每天都想过来，这件事已经成了一个习惯，一天不到江滩我心里就不舒服，觉得快要'憋死了'。"

在江滩的几百名志愿者中，吴翠云是一位出了名的"岔巴子"（武汉方言，形容爱管闲事、喜欢插手他人事务的人）。

在她眼里，江滩上的任何事情好像都与她有关，她都有责任问一问——耐心回答市民游客的咨询，主动搀扶行动不便的老人，及时制止市民的不文明行为，耐心解释市民游客不理解的地方，甚至她还救起过一名不慎落水的儿童。作为一名志愿者，"江滩是我家，美化靠大家"是她经常会挂在嘴边的一句话。今年年初，她还拉着自己所在的"百子歌团队"，将长江保护法的内容进行了改编，用群口快板的形式演给广大市民，呼吁大家一起行动起来保护长江，做好"长江卫士"。

在负责江滩志愿者工作的贺爽看来，吴翠云每天来得太早了。"吴阿姨来得非常早，我们不想让她来那么早，但是她还不听劝，五点钟起床，六点钟出门，从汉阳赶到这里。她来的时候才七点钟，我们这里有时候还没有开门。"即使碰上一些特殊情况，吴翠云每天也会到江滩来一趟，贺爽指了指她说："四月底，吴阿姨在地铁站被误伤了，头上缝了几针。她缝完针还要过来，上午去地铁站，下午又到了江滩，我们不让她来吧，劝也劝不住，刚休息三天又跑过来了。"

4

采访完肖桂香和吴翠云，我和贺爽送她们出来的时候，在大厅里碰见了肖桂香的老公潘国华和小孙子潘赠臣——原来他们一直在大厅里等着。接下来,送走他们之后,我又和贺爽来到江边——除了想听一听她对这些志愿者们的真实认识和评价,我也想听一听她在汉口江滩这七年来的工作——从某种意义上来说,我觉得她也是一个不是志愿者身份的志愿者。

连续不断的降雨,让武汉已经进入了汛期。跟一周前相比,江水明显上涨了不少,几乎快要漫到堤坝上来了——事实上,武汉防汛指挥部昨天才刚刚发布了长江水位的蓝色预警。

望着江水和对面的楼群,贺爽向我讲述了和这些志愿者们接触的过程:"跟这些爹爹婆婆刚接触的时候,我很不适应,他们年纪大,沟通成本高。他们不太能理解你,你也不太能理解他们,像吴翠云说一句话就会看看我,生怕说错了,他们习惯性地把我当领导,其实我跟他们说了,我也不是领导,就是跟大家一起搞搞活动。我们这边事情比较多,他们有什么事都会找我,夹子不好用、马甲破了之类的,都是一些蛮琐碎的事情,他们跟我反映,我就赶紧给他们办。"

而对于净滩活动,贺爽一开始也不太理解:"刚来的时候,我总听他们说净滩净滩,我还想我们江滩会有这么多垃圾吗，难道我的工作就是天天干这个，我挺不能理解的。后来慢慢接触多了，我也理解了这些志愿者，他们把这个当成了一个精神寄托，主动到这里找个事做，也相当于到自然里待一待，运动一下，聊聊天。他们其实不在乎给了多少荣誉和物质。像我妈、我婆婆，她们也闲不住，上一代人或者再上一代人真闲不住，必须找个事情做，哪怕是捡垃圾这种又脏又累的活，别人不愿意干的活，他们都愿意干。"

"夏天我们给他们泡点凉茶、端午节包粽子、送咸鸭蛋，春节前发春联、送福字，也会给他们预留出来，年底做个总结表彰，送一些小文创、发个奖状，大家就很开心。去年我们搞过一次联欢，当时说会提供点瓜子水果，他们还说不行，会把场地搞乱了不好看。他们都蛮朴素、蛮朴实，虽然队与队之间也有'小比较'的情况——有时候会抱怨为什么其他队有两个节目、为什么用了其他队的照片没用自己队的之类的问题，不过这也是人之常情。"

而在贺爽看来，这些志愿者之所以愿意来做志愿者，之所以会长年不断地来参加净滩等各种活动，并非完全出于对"长江大保护"的认知："他们也不一定是为了'长江大保护'这样的宏大目标，而是自己的一种生活方式、一种助人为乐的精神，正好跟'长江大保护'的主题结合到了一起,'长江大保护'给了他们一个这样的机会或者说平台。其实他们都是抱着最真实最朴素的想法来的,就像肖桂香说的,她并不知道'长江大保护',但是一直在做,并不是为了这个那个口号,为了迎合什么,就是真真实实地去做一些事情。"

说起"爱在江滩·阳光志愿服务队"的九个小分队时,贺爽如数家珍,从一分队到九分队,队长是谁,人员构成,每个志愿者的特长、兴趣、个人情况,她都一清二楚:"像一分队,文艺骨干分子就比较多一点,不过这个队比较小,有二十个人左右;二分队是比较喜欢锻炼的,经常会跑'微马'什么的,也做做健身操,这个团队比较大,比较训练有素;三分队相对来说比较'高冷'一点,知识分子稍微多一点;四分队就是吴翠云这个队,一到周末,一大帮高校的志愿者就跟着她过来了,他们都是跟着吴翠云的,比较认可她……"

自2017年考到武汉市江滩管理办公室,在此工作的7年里,贺爽至少参加过几百次志愿者活动:"每次搞活动我都在,他们跟我关系都蛮好,我一年大活动至少三四十个,大活动几百个人,小活动就是几十个人、十几个人,从2017年到现在加起来肯定也有几百场活动了。其中净滩活动最多,相对简单,不需要提供什么物资,大家参与度最高,获得感最强。"

时至今日,贺爽还记得刚来到汉口江滩工作时的情景:"刚来江滩工作的时候,那个游客服务驿站还没有装修,后来装修好了,需要有人把志愿者组织起来,大概有一年时间,这边的办公室就只有我一个人。"在她看来,这是一个与自己很有缘分的地方,这层缘分可以追溯到她之前在这里的经历:"我是外地人,老家在随州,不过家里亲戚也有在武汉的,所以小时候我就来过汉口江滩。大概2000年年初,当时我们就是从三阳门进来的,我印象还很深刻。后来我到了武汉读大学,那会儿也经常到汉口江滩来玩,走的也是三阳门,但无论小时候还是读大学的时候,我从来都没有想到过以后会来到江滩工作,现在想想还挺神奇的。"

5

但是,作为一个湖北大学旅游管理专业的本科生、华中科技大学公共管理专业的硕士生,天天与志愿者打交道的这份工作,并不一定就是贺爽理想中的职业——至少在我这个旁观者看起来是这样的。我向她提出了这一点——对于现在这样的工作,会有不甘心吗?

"没有啊,除了累一点其实都挺好的,也不是自己挺好的，而是看着别人挺好的。很多人到江滩来之后都会说，在这里工作应该蛮开心，但其实也挺累，加班多、事情杂，但是也会有一种成就感。我爸妈、亲戚朋友们来汉口江滩的时候，就说这里是他们见过的最漂亮的景区。当然，肯定有比江滩更漂亮的景区，但是可能要收费啊，或者说很远。江滩就不一样，能看到这么美的风景，能够亲近长江，他们心里会很舒服，觉得这里是个好地方。所以不管我加班多累，工作多忙，反正觉得在这里工作还是很好的。"

听贺爽说起老公、孩子，我问道，老公会对你的工作有抱怨吗？"有一点点吧，基本上也理解，不过抱怨总是有的。因为很多志愿活动会在周末和节假日，会占用休息时间、跟家人相聚的时间；很多活动，我要专门开车过来，必须做完活动才能回家，他们就在家里等着我，这种情况会比较多一点。有时候老公也会带着孩子过来，一方面是陪我一起值班，另一方面也是到江滩来转转，正好我也要跑现场，就可以带着他们一起转转。"

虽然比较忙，除了组织志愿者，还有各种宣传事务——后者才是她的本职工作，但贺爽还是很感谢长江："长江对武汉来说确实很宝贵，我们老家那边就是小河，没有这样的大江。如果武汉没有长江、没有江滩，那我也没有这份工作，我还不知道自己在哪儿呢。"与此同时，她也觉得对长江和江滩的环境保护非常重要："很多市民的满足感、幸福感和外地人不同，他们关心的是最实在的问题。如果江水是黑的、满地垃圾，那就不单是城市形象问题了，对国家形象来说也是问题。如果长江变成了那样，我简直不敢想象。"

"我自己年纪也比较轻，来到江滩这七年，感觉长江的水质都还可以的，虽然也没有很明显地感觉到长江从浑浊到清亮的那种变化，不过就我自己的感觉来说，现在大家普遍对这一块都更加重视了，不管官方还是民间，都更在意对长江的保护了。"

傍晚，走出江滩时，想着下午采访的肖桂香和吴翠云，我突然想起来佐田雅志拍摄的那部《长江》，在纪录片中出现的长江边的那些面孔里面，我不知道会不会有年轻时的肖桂香和吴翠云——我打算晚上回去后把与武汉有关的那些画面再仔细看一遍。就在这么盘算的时候，我走出了三阳门，我意识到，这其实是与贺爽很有缘分的一道门——小时候她从这里走进来看过长江，读大学时她也从这里走进来看过长江，而 2017 年她又一次从这道门走了进来，而那一次，她则是走进来要和那些志愿者们一起开始守护长江了。

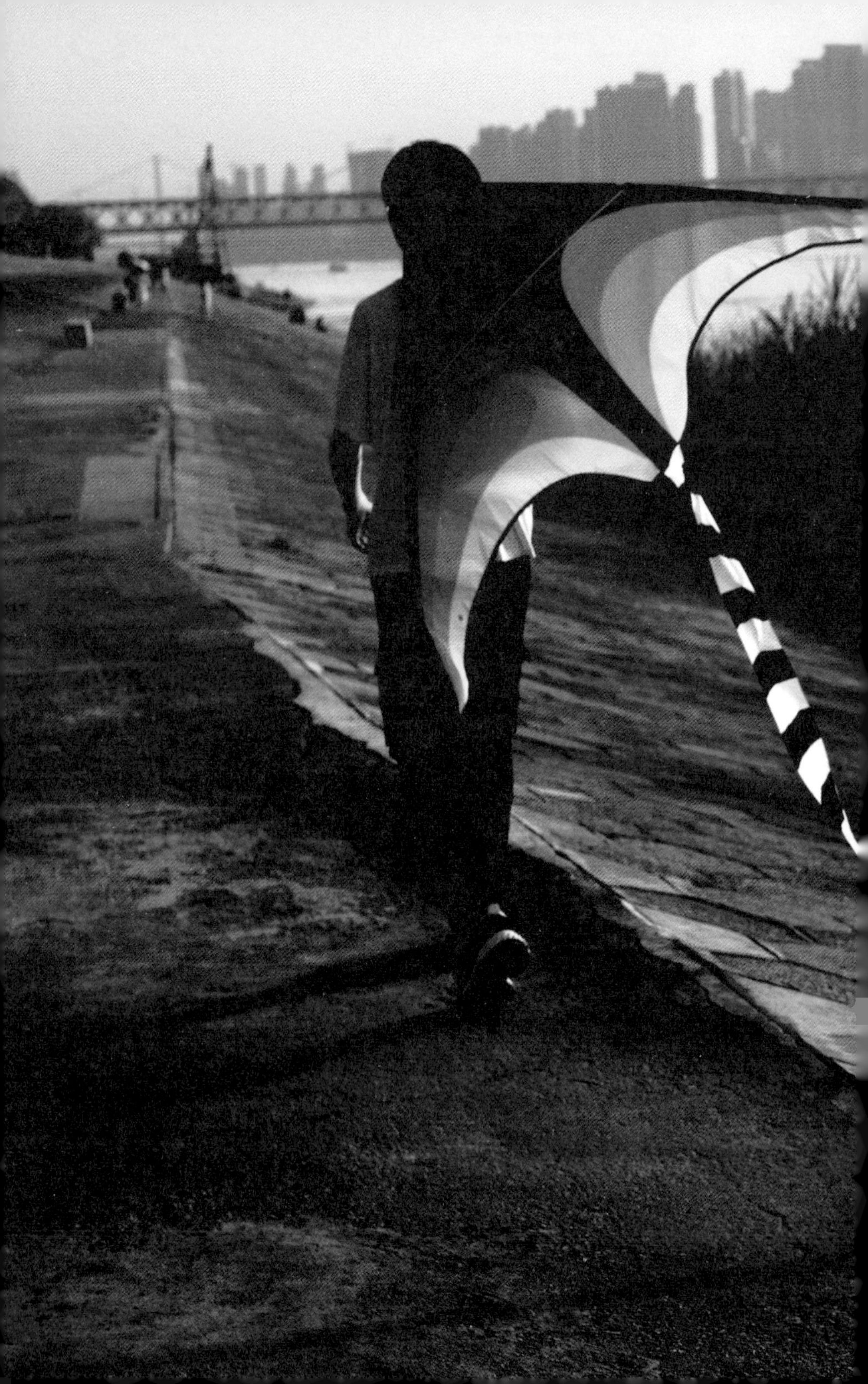

在长江边放风筝的人

很少有哪个地方会像长江边这样,吸引着那么多来放风筝的人。有老人,有中年人,有年轻人,也有孩子,无论哪个年龄的人,都会来这里释放一颗放飞之心。我甚至见过一个坐在轮椅上放风筝的老人。是的,他们放飞的是风筝,更是某种附着在风筝之上的东西。而对于那些坐在旁边或从某扇窗前默默注视着天空中的风筝的人来说,可能也一样。

逐江的人

1

从源头上来说，逐水而居是人类共有的早期经验。时至今日，尽管这一点已经无须今天的我们再去反复践行、验证，不过我们周围各种形式的水的存在，依然在随时提醒着这段历史——是水，也只有水，才能将人类吸附聚居在周围并形成了由始至今的生活形态。

在城建史上，一个广泛的例证是，几乎所有城市的中心区域都会有一条江或者河 在很多城市可能还不止一条，将城区一分为二为三甚至为四。在那些划分了同时又连接了两岸、三镇、四区的部分之间游移穿行时，虽然我们很难意识到，但是一个确切存在着的事实是，在那些急或缓的流水以及静水之上，或疾行或停靠的船只，或斜拉或悬吊的大桥，也就是人类逐水历史最好的纪念碑——它们是对我们与水的历史的最好的承载。

就此而言，武汉的意义在于，它为城建史提供了独一无二的、极具典范意义的例证。

长江和汉水将这座城市一分为三，或者说，各个世代的先民们分别在三处地块上聚集下来，繁衍生息，迭代至今，使它们得以成为三镇，以超稳态的三点结构将这座城市的基本形状固定下来并拱立成今天的面貌。到了今天，尽管三镇居民集聚史的脚步已经放缓，或者被一种以更复杂的现代形式所替代，不过江分三镇的格局却始终还是这座城市最宏观的视觉标记——无论是从飞机上、地图上观看，还是借助于连接三镇的众多方式去实地体验，这一点都会成为这座城市给你带来的最鲜明的印象，并将长存于你今后的记忆之中。

不过，自从21世纪的某个时间点开始，江河和我们的关系似乎就不再那么密切了——尤其是随着高速的陆路客运和航空客运日益发达，甚至几乎完全取代了缓慢的水路客运之后，尤其是在发达的现代城市生活日益复杂，甚至几乎完全取代了早前的乡村生活和小城镇生活之后，这一点表现得愈来愈明显——江河，似乎从我们的日常生活中全面退场了。

相比于早期先民们的逐水而居、临水筑城、靠水吃水，无论长江还是汉水，如今都成为一种景观存在。事实上，三十五岁以上的人曾经十分熟悉的那种开船渡客、驾船捕鱼、洗衣洗菜的画面，也早已成为消逝不存的历史记忆——即使是在郊区和农村，也已经难得一见了。是的，长江和汉水一直是武汉这座城市的地理中心、事实中心，不过现在却已然成为记忆中心，在绝大多数情况下，对绝大多数人来说，它们仅仅是我们日常生活中非常印象式的一部分，而不再是切实生活的一部分——这当然是现代生活带来的翻覆之变。

2

仍然还和这两条江保持日常关系的，应该是朝霞中的那些晨练者，还有夜幕下的那些散步者。晚饭后，他们走出家门，来到江边，走在江堤上，或者下到江滩上，奔流不息的江水就在他们眼前——望着江边那些泊停多年的趸船，江中心那些往往来来的运石运沙的货船，或者那些灯火通明、游客满舱的游船。看着开阔的江面——江面上那些破碎又合拢的灯火，吹着和煦的晚风，这种大尺度的空间格局会让他们在一天的忙碌后放松下来，产生某种对人生意义的追问，而并肩而行的同伴和对岸的璀璨灯火又会加持他们的幸福感。

事实上，南来北往那么多年，我还几乎没见过哪座城市像武汉这样拥有那么多的江滩、江堤。这固然出于抗洪防汛的需要，但从某种意义上说，也未尝不是出于把渐渐离水而去的人们再次送到水边的需要——他们当然还有对城市仅剩下来的这点"自然"的需要。

不过，就和水的关系密切程度来说，对水的这种远观还仅是一种视觉参与，一种最大众、最普遍、最浅表层次的参与，或者说是一种与逐水而居相比已经"退化"了的参与。或许只有那些游泳爱好者，还在以触觉方式追溯着人类的共有经验，实现着与水的紧密结合，实践着与江河的肌肤相亲——而举办多年的、已成为武汉名片的"渡江节"，无疑更以活动的形式为这座城市里的人们与水的紧密结合提供了制度保证。事实上，平日在长江和汉水里的游泳者众多，如果留意的话，无论寒暑，也无论早晚，我们几乎每个时段都可以在江水中发现他们载浮载沉的身姿，他们成群结队地游过去又游过来，一如他们身边的那些鱼类。

当然，与水保持亲密接触的还有那些垂钓者。作为一个河湖众多的城市，武汉一直都是钓鱼人密度最大的地方之一，长江两岸、汉水两岸，经常坐满了形形色色的垂钓者。

他们中有年轻人、有中年人，更多的是一些上了年岁的老人，其中也不乏女性。他们雕塑般地坐在那里，一动不动地盯着水面上的浮漂，一根鱼竿就可以让他们在岸边坐上半天一天，第二天又是如此，第三天依然如此。如果可以，他们愿意一年四季每天都这么度过。

对于钓鱼上瘾原因的解释多种多样，惯常的说法是，他们压力大，需要去水边找个地方待一会儿，用钓鱼这种方式找个出口把压力泄出去。这当然是原因之一，但至少还有两个原因也不能忽视：其一是猎捕本能，作为最后一种捕猎方式，钓鱼也是人类对生存本能的重演；其二是心理弥补，钓鱼固然是钓鱼本身，但也未尝不是很多人在存在感下降或某种权力旁落后的一种补偿，在家庭或事业上的不如意，会转而求助于那枚小小的鱼钩来安慰，并借由一根细细的丝线和一根颤巍巍的鱼竿的放大，又通过一手之握传递于心间。

对于出于后两种动机的钓鱼人来说，长江和汉水无疑为他们提供了天然狩猎场，从水面下钓上来的鱼——以及另一种"鱼"，也就是他们能自由免费获取的同时也是浩荡江水所能提供的最天然的馈赠。而这一点，或许才是江河能吸引着他们一天天前往的最大魅力。

3

来到江边的还不止那些垂钓者,有时也不乏与他们相反的一类人。去年冬天的一天,在平湖门水厂的长江边溜达时,一位跪下来对着江堤念念有词的老年人引起了我的注意。

走过去后我才发现,他跪拜的并不是江堤,而是一只蠕动着的绿色网兜,是网兜里那些正在奋力挣脱的甲鱼。那兜甲鱼旁边的石块中插着三炷香,烟气被一阵阵江风吹拂着歪歪倒倒地袅袅上升。接下来,老者提着网兜一步步下到江边,又把一头的红绳解开,倒提着网兜将那些甲鱼一只不剩地倒进了江水中,并催促它们尽快游走,直到最后一只甲鱼也游到看不见的地方去了,老者才上岸而去——他提防的是不远处那些虎视眈眈的垂钓者。

不用说,他当然是在放生。对跪下来念念有词的他来说,他或许是在祈求那些重获生命和自由的游水而去的甲鱼们,可以把自己或者亲人遭遇的疾厄也一起带走;又或许他是寄望于将它们从屠刀之下解救出来,这样会给将来的自己带来某种保佑……这种类似祭天祭神般的古老仪式所产生的回报固然是不确定的,在很大程度上必须通过想象和自我肯定来填补，但也确实从侧面证明了它还残存于——或者说一直存在于——现代人的心底深处。

吊诡之处或许就在于，虽然在我这样的旁观者看来，这种迷信盲目的举动不仅不能奏效而且颇显滑稽，不过当置身于他正在面对的那些状态或某种紧要时刻之际，我们很有可能也会采取同样的举动——在绝望而无助的时候，几乎每个人又都会从理性中抽身而出，返身回到远古的洪荒蒙昧之中，去抓住一根稻草——当然，那也是最后的一根稻草。

这么多年来，几乎每次去长江边，我也都会遇见一些放风筝的人——我的一个感受在于，很少有哪个地方会像长江边这样，吸引着那么多来放风筝的人。他们中间有老人、有中年人、有年轻人，也有孩子，无论哪个年龄的人，都会来这里释放一颗放飞之心。

今年夏天里的一天，汉口江滩边的一位老者之所以吸引我向他走过去，并不全是因为他在放风筝，而是因为他一直坐在轮椅上放风筝——他牵着的那只"燕子"已经飞在了半空中。

因为刚刚做完与"长江大保护"相关的采访，我自然而然地跟他聊起了长江。这里很开阔，空气好，离家又近，退休了没什么事，也没什么地方适合去，这些就是他接下来所说的来这里放风筝的原因——当然，我知道这些是原因，然而最最重要的可能还不是这些。

就我不无牵强附会的理解而言，他应该是因为长江才来到了这里——这一点与其他那些放风筝的人一样，而不一样的地方在于，他可能比其他人更是因为长江才来到了这里。

是的，他放飞的是风筝，更是某种附着在风筝之上的东西。正是因为行动不便，所以他才更渴望着一种飞翔的动作——它从半空中通过一根线绳传递到了他的手心里，也更渴望着一种更广大的空间和一种更流动的景观——这些在长江边一抬眼就可以看见，就可以得到。到底是不是这样呢？我没有向他求证，这是我的理解，或者说，我愿意这样理解。

4

记忆中还有这样的一幕，更准确地说，是这样的一幕里的一个身影。前年春天的一个下午，和朋友在武昌造船厂附近的长江边钓鱼时，我注意到有一个背着双肩包的五六十岁的女性从堤坝上走了下来，走向我们，又从我们身后走到了附近一片空旷的沙石滩边缘。

她在那里停下来，打开背包，拿出来这样那样的一些装备——不清楚她准备干什么。

几分钟之后，一曲嘹亮的《我从草原来》就从那边响了起来。正在犹疑不解之际，我看见她伸了伸手，又踢了踢脚，接着开始随着音乐的节奏扭动起来——哦，她跳起了广场舞。一曲跳完，她又来一曲，接着又是一曲。尽管在我们的注视中，她却旁若无人地跳着——那片沙石滩上除了我和朋友也确实没什么人，沉浸在那些动作给她所带来的舒展中。

是的，她可以选择的地方并不是只有这里，她明明可以在广场上跳，在小区空地上跳，或者在自家阳台上跳，但是她都没有。不知道从哪一年哪一月哪一天开始，她选择的是背着音箱走出家门，走出小区，穿过熙熙攘攘的街头来到江边，来到那片还没来得及被淹没的沙石滩上，一个人对着空阔的江面和对岸影影绰绰的城市跳——她为什么跑到这里跳？

当然，跟《春江花月夜》里的意思比不上，她，一个广场舞爱好者，也许不是在体验什么"江畔何人初见月，江月何年初照人"的亘古慨叹，或者"不知乘月几人归，落月摇情满江树"的晨昏情思。然而一种深层的共通之处或在于，在这里，她无疑是个体的——至少是最接近于个体的，一条江，一片天，一个人，这片沙石滩对她来说不单单是一处跳舞的所在，还是从某种集体之中逃逸出来成为一个个体的支点，这个支点让她成为自己。

她当然是一个个体，但是孤跳长江让她意识到了自己是一个个体，并结结实实地成为一个个体。是的，这一点，她在平日的广场舞队伍里找不到，在子女渐长的、孙辈绕膝的那个平时所待的家里找不到，而在她对面的和她身后的那些密集林立的高楼里也找不到，只有来到了长江边，在还没被江水淹上来的那片沙石滩上，望着缓急相间的江面伸展开手脚随心舞动时，她才找到了——这很难说不是一种幸运，长江对今天的人们的幸运。

又或许，每个来到长江边的人都会找到一个只属于自己的自己——而这一点，或许也就像池莉在一篇名为《一条大河波浪宽》的文章中所说的：

> 是长江，赠予我无数的现实感与无数的象征启迪。无数次与正在，对我进行浇灌与淹没，创造与毁灭，恩与威，同时并举，让我在备尝艰辛中寻找并认识最适合自己的生活态度与生活方式，逼迫我慢慢学会真实、良善、宽容；还有耐心与忍让、热爱与珍惜，还有勇敢、浪漫、自尊以及倔强。长江调教我，塑造我，

让我成为有别于其他任何人的我自己——楚地的作家以及楚地的女人。

长江边的少年和父亲

与水的亲近是人的本能，然而，这种本能一度因为我们与水的疏远而被搁浅——我所说的主要是那些自然之水，江、河、湖、海。在武昌江滩边的这个下午，我又看到了很多年前才有的一幕，两个少年和他们的父亲在江面上打水漂。这无疑是江滩的功劳，因为它的存在，他们的本能被再次激活，不，他们的本能得以再次与那些自然之水深入对接。

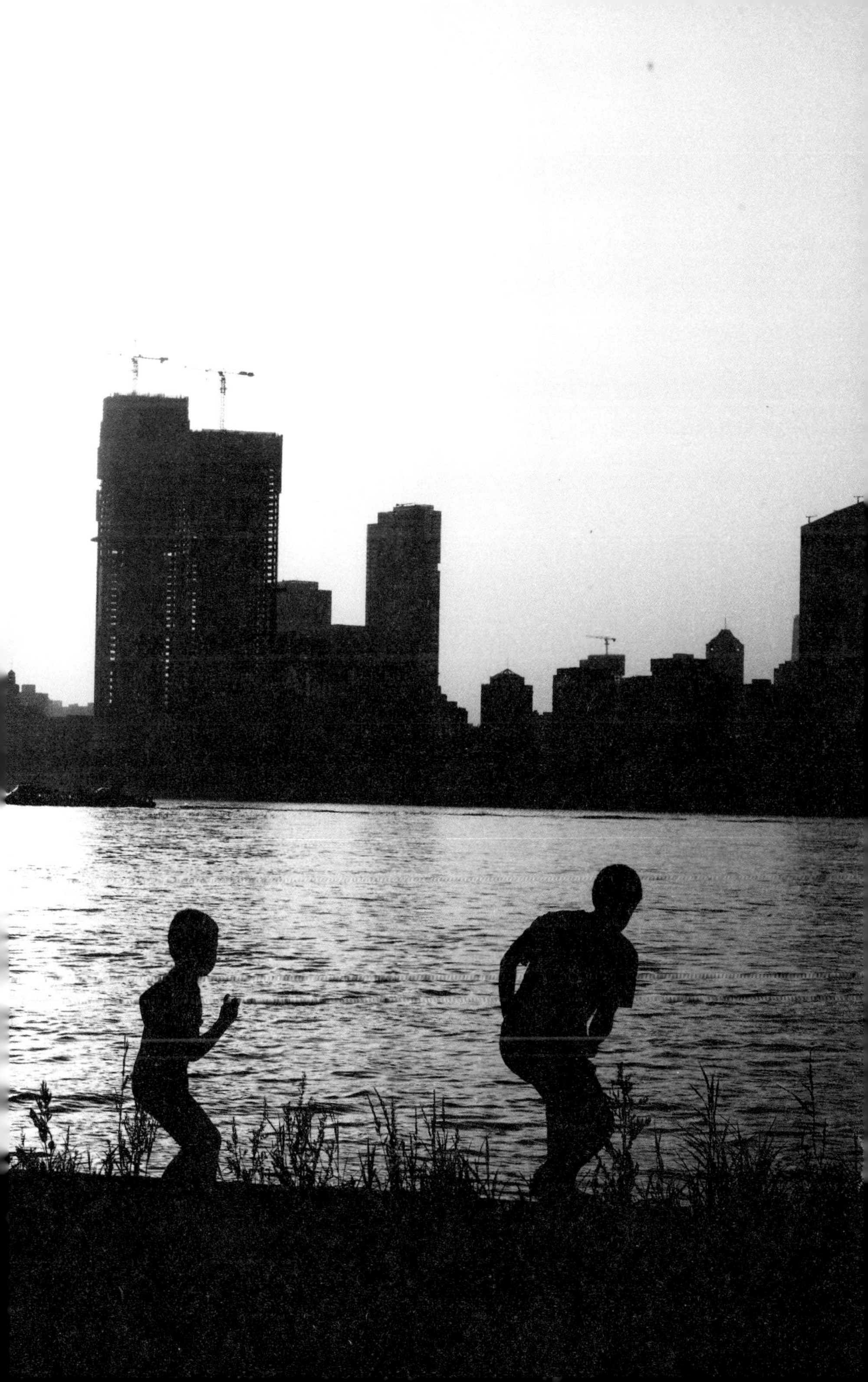

长江故人

1

十月末的一天下午，两点，我到昙华林融园咖啡馆院子里的时候，她们已经到了，《唯见长江——一座城和一条江的纪事》的责任编辑朱嘉蕊，还有坐在她对面的她母亲佘子娴——一身休闲装扮的她，看上去更像嘉蕊的姐姐。事实上，自从听说她职业的那一刻，我就一直在请嘉蕊约她出来见一见，聊聊她之前在长江客轮上做播音员的那些故事，给这部已经完成的书稿画上个句号。

这源于嘉蕊的一条微信。两周之前，她给我发来信息说："这本书稿太感动了。我妈以前也是'长航'（长江航运集团）的，就像您所说，曾经有一段时间，我们和长江的关系因为高速发展越来越远了。小时候，我妈经常讲，在船上回程的时候，从重庆、三峡那边下来，水有多么湍急；船长经验丰富，总是能精准渡过非常狭窄的峡口；后来有了三峡，那段路忽然变得一马平川。以前春运，水运的票一票难求，再后来一点一点变少，直至停航。好在现在这个关系慢慢重建了，有了江滩等各种与长江接触的形式。在汉口散步的时候，她每次走过一个个废弃的码头就会说，这里以前是停去哪里的船，那个码头又是去哪里……"

现在的武汉已经进入了深秋时节，坐在色彩斑斓的花园山山脚下的这个院子里，我们一边喝茶一边享受着从头顶叶隙间洒下来的细碎阳光，以及四周一声接一声的清脆鸟鸣，喧嚷如织的游人就在院子外面的街头来回穿梭着。我努力让自己从眼前的景象中抽身，想象起那个年代的佘子娴和那个年代的长江。

但是，接下来，我们的话题并没有落在她的长江故事上，而是聊起了阅读和文学——让我无论如何都没有想到的是，佘子娴，这位已经年过六旬的母亲，竟然跟我谈起了杜尚、达利、是枝裕和、梁文道、许知远、陀思妥耶夫斯基……她的阅读面极广，对于近年来在年轻世代之间影响力深远的那些流行文化内容如数家珍——在某些恍然的瞬间，她甚至让我产生了一种坐在北京或者上海的咖啡馆里与资深文艺青年们聊天的错觉。

"我是属兔的，1963年的兔，那一年是婴儿潮的最高峰，有着二战以后最高的出生率，全世界都一样，那一年中国降生了三千万个婴儿。"她接下来的这番话又把我从当下的话题中拉离出来，拉回了属于她的那个年代。"我们家不是武汉的，我父亲老家在广东汕头，他是因为读广东商城学校，读第二年的时候，学校就搬到武汉来了，我母亲也不是武汉的，也是因为工作原因到武汉来的，她是安徽人，和我父亲是在长航工作认识的，都在长航工作了一辈子。"

虽然父母都不是武汉人，不过在武汉出生长大的佘子娴，却可以讲一口地道的武汉话，"我蛮会讲武汉话，也蛮会讲重庆话"——怕我不相信，又或者是出于某种自信，她用武汉话讲出了前半句，接着又用重庆话讲出了后半句。

"我是18岁高中毕业，因为高考老考不上，就复读过三年，当时没扩招，而且有预考，后来长航就把武汉六中最好的老师请来，六中一直都是重点，请他们到长航文化宫给我们这些子弟上课，晚上上课，白天唱歌跳舞。当时老师教我们写作文，我写得就很好，现在还留着。我们什么都要学，当时什么都考一点，真没有白学，我很多东西就是通过当时得来的。现在让我这个年纪的人背高中课文，没几个人背得过我，比如《梦游天姥吟留别》我就能从头背到尾。我也知道李白的每句诗里都有一个地方，比如'送我至剡溪',我还去找过剡溪,这些人比我们伟大多了,古代车、船、码头什么都没有,人家就是徒步。"

"复读三年,最后我居然考上了技校,武汉航道学校,整整学了两年,还要去船上实习一些课程,什么工程啊,船机啊我都已经不记得了。当时我学的专业就是轮机,后来在一个大型轮船上做机务实习,机务就是那些活塞什么的,就跟泰坦尼克号上的一模一样,别的也干不了,我主要就是抄那些温度,然后就毕业了,毕业后就分到长航,在客轮上做广播员,因为我父母都是长航的。"

"以前铁路、公路都不发达,也没有高铁,那时候主要是靠水路,上自重庆,下至上海,有两千多千米的长江水路,在当时的情况下,利用自然资源肯定是最便捷、最便宜的,关键是最便宜,以时间作为代价。不过那时候觉得走水路还是非常有诗意的,因为很美,当时也没有'旅游'这一说,主要是赶路。对于中国人来说,回家的概念是永远的,所以其实从那个时候开始就有春运,等我上轮船的时候,差不多赶到了水路运输的尾巴,我是1985年参加工作的。"

对于广播员的这份职业,除了受到母亲职业的影响之外——她的母亲从20世纪50年代开始就一直做广播员,佘子娴将最大的渊源归结于小时候的一段经历。

"是这样,因为我小时候被我妈妈送到,你可能不知道,我们小时候有文艺宣传队,我五岁就进了长航的宣传队,相当于现在的艺术学校幼儿班,专门收八岁到十岁的孩子,去学朗诵、跳舞、拉琴、唱歌,然后到全国各地去演出。当时《长江日报》采访我的剧照还有,长报首席记者拍的,我家有六张,我妈妈还留着报纸,一点不吹牛,当时很多人都认识我,我妈就相当于星妈,她牵着我走到哪里人家都认识我,我在那里待到了十四岁,初中的时候才出来读别的学校,所以,我做播音员靠的还是以前打下的这份底子。"

2

一个人对于自己职业的选择,很多时候并不受所学专业的限制,这一点在佘子娴身上也体现得非常明显。因为少年时代打下的底子,她在分配到长航之后上船做了播音员。一开始,她跟的是上水船,走从武汉到重庆1159千米的水路。而这一段,也是长江风光带之中最为吸引人的所在——尤其是在1985年。

"一路上从来没见过那么美的风景,我没有刻画,没有刻意回忆,真的是觉得特别特别美。江汉平原这一带是平的,长江九曲回肠,可是船一旦进了宜昌,就是山高水长的峡谷，要整整五天五夜才能到重庆，但是从重庆回武汉只需要两天。这个时候我们就想到了李白，李白多么伟大呀，早在一千八百多年前，他就知道千里江陵一日还，船是冲下来的，太美了，根本没有词语可以形容。"

"每次接待外宾的时候，我就会跟他们广播——当然他们有翻译，我说旅客朋友们，请你们抬头看巫峡，船舷右边就是神女峰……播音员也等于导游，负责解说，当时很多游客还给我写表扬信，我收到过很多很多表扬信，因为解说得很好，声情并茂。对我来说是这样的，看了书之后，我就不用念稿子，我可以背，全部是现场直播。情绪不一样就会播得不一样，情绪是需要调动的，发现美景的时候你就会有这种感受力，所谓的声情并茂，我觉得就是身临其境。"

"说到自然风光，长江三峡是最迷人的。从宜昌出发，就进入了楚蜀鸿沟，（它）是湖北和四川的分界。长江和湖北分开的地方叫巴山，巴山夜雨嘛，分开之后全是峡谷，水非常大，泥沙俱下的浊流，声浪很大，广播的时候如果不把门关上，就根本听不见。逆水而行，要走很长一段才能到西陵峡，往上走，先过72千米的西陵峡，西陵峡滩多水急；巫峡是最漂亮的，140多千米，山重水复疑无路，柳暗花明又一村；瞿塘峡是最险的，只有八千米，最宽的江面只有143米。所以广播的时候，我说大家请看轮船的前方就是夔门了，夔门天下雄，我都能听见自己的回音，说明航道非常狭窄，但是也非常壮观，真的很漂亮。"

"上游这一段，实际上是很压抑的，因为它整个两边都是被山堵着嘛，但是风景很好看，而且因为气候不同，四季气候的变化会产生各种风景；特别是在巫峡中穿行的时候，我自己都非常担心，前面一座山迎面压过来，船长一个左满舵打过去，再出来的时候一个右满舵打过去，跟开车是一样的。那些船长我都很熟悉，他们开船一定要喝酒，我后来才知道，喝酒其实就是为了壮胆。"

"再上去就到了万县，万县后来划到了重庆。我不是学这方面专业的，可是我知道一条，去上游的船要在万县过夜，为什么呢？因为只有一个航道，我们必须靠边站，等着它下来。原来是有一种高频电话，还不叫高频，叫甚高频。双方通过电话联系，因为只有一条船通过，绝对不能占到航道，那去上游的船就在万县码头停着，等下来的船凌晨两点钟最后一班过去了，再往重庆开。"

"在万县等着的时间，我们就上岸，万县真叫漂亮，一路爬上去，全部走楼梯，它的房子建在山区，是因山取势的，我非常喜欢那种房子。万县有很多好吃的，抄手什么的，我最喜欢吃的那家店在六楼，还不是在六楼，还在更上面，对方会放一个篮子下来，我们把钱放进去，他吊上去，等下把抄手吊下来；有时我们还吃一些卤菜，喝酒摆龙门阵，二三两一杯直接喝，我也是那时锻炼出来的酒量。后来跟那些船长熟了，他们就说路上太险了，凌晨两点还黑着呢，有航标灯也得凭经验去摸，而且会突然起雾，所以就得判断，肯定非常紧张。"

"到了唐家沱，心情就特别好，长江在那里有一个大转弯，很快就到重庆了，有一种快到终点的幸福感。中途会经过丰都鬼城，那真是千古的文明，还有很多碑林。通过唐家沱，第五天下午到重庆的朝天门码头。这时候就深切理解了什么叫朝天门，这边是嘉陵江，那边是长江，两江汇合之后，就把重庆整个给托起来了，就像弯月半岛一样。我们又是下午到的，暮色苍茫时分，尤其是天气好、天空有一点云的时候，万家灯火慢慢亮起来，太美了，真是人间仙境；等我们玩完下来上船的时候，重庆整个在山上，被两江托起来了，就像是一个弯月半岛，星星点点，火树银花，太美了，为了这个就很舍不得下来。"

"后来，我还被借调到长江海外，当时'皇家公主号'系列游轮有'仙妮轮''仙婷轮''仙娜轮'三条姊妹船，这三条船是长江上唯一由德国建造的船型最长的船。'仙妮轮'宽16米，载客量最大、造型最优美、安全最可靠。给外宾解说的时候,我就用中文解说,翻译同步讲解,可是有的老外很懂中文,就搂着我说讲得真好啊,比如神女峰,我每次都说得特别好,是因为它真的很美,四合云团日,飞如雨带风,太美了,老外比我还激动。大江要截流的时候,德国人最多,我接待过一条船,130个人都是德国人。老外旅行是真正的旅行,就坐在那里看闸门是怎么关的怎么开的,就流泪了,他们说1987年来过,截流之前就来过,虽然不是同一波客人,但他们告诉我他们曾经来过,他们流泪不是感叹别的,就是为这些自然景观的美,发自内心喜欢。我最强烈的感受是,他们热爱长江是打心眼里热爱,他们很喜欢自然风光。"

"后来,我还是暂时从船上下来了,因为要谈恋爱呀,结婚呀,长期在船上还是太不方便。我是1989年结的婚,然后生了孩子,就上岸了,带孩子三年,等她三岁了就又上船。这个时候我就走下水了,跑从武汉到南京的汉宁班、从武汉到上海的汉申班,在船上的时间就短一些,因为武汉到上海只有1000多千米,在船上待了五六年,一直是做广播员;再后来,到了1995年,客轮就逐渐停航了,那时候生意已经不好了,路也慢慢通了,主要是通了铁路。到了2008年,女儿正好考上大学,我也就在那一年退休了,我那一年正好45岁。"

"在船上,确实也比较苦,因为见不到家人,而且后来我有了孩子,更不舍得离开家里。因为比如说你到了重庆、到了上海、到了南京,等你回来了,第二天又得走,一个月下来会非常辛苦。所以为什么船上的人有90天的公休假,也是这个道理。武汉有个表演艺术家叫鄢继烈,他写了很多诗,我记得有一句写得特别好,'一个漂浮的土地',为什么是漂浮的?就是因为不沾地气嘛。"

3

是的,与书中其他受访对象不一样之处在于,佘子娴并没有直接参与过现实意义中的"长江大保护",但是如果我们把对长江的保护做一种广义理解的话,我们又不得不承认,她的广播员的职业对于长江的意义——甚至是在世界范围内的意义,她把从重庆朝天门码头到上海近2400千米的长江,传播给了听到她声音的每一个人,让长江以声音的方式沉淀在了当年的那些游客的记忆深处。

就她自己而言,"我对长江是很有感情的,真是'一条大河波浪宽',看见就觉得很亲切。而且我们家原来就住在江边,张自忠路,就可以360°无死角看见长江。小时候就在长江游泳,我不会游泳,我爸就给我带个游泳圈。原来那里没有铺水泥，全部都是沙滩，从小到大我们就在那里成长，一直到长大成人谈恋爱。长江真是承载了几代人的记忆"。

对于今天的长江，她也有着新认识："我有好多同学都在航道局，他们说现在的管理比以前更好了，航标灯的设置啊，等等，也更加明晰，科技也进步了。再一个，现在长江上不让拖砂了，水的确是变清亮了，特别是在中下游，确实比以前清亮很多，我对长江还是挺充满希望的。这些年来，我亲眼看着很多大桥在长江上兴建起来，就知道我们国家确实发展很快，在退休之后的这些年里，这些大桥我一个个都去看过，看起来非常亲切，所以确实是变好了。"

当然，今天的长江已经不完全再是过去的长江，已经不完全再是她广播过的那条长江，这种人是物非的变化也让她不无伤感，甚至难以面对。"后来再去重庆的时候，我就尽量不去朝天门码头，因为再也没有那种感受了。原来我们也总是去解放碑，现在那里已经全部被高楼围起来了。重庆是雾都嘛，雾跟着人走，然后重庆很多路是青石板——你真不能想有多么漂亮，走在上面，我们穿的'拖拉板'啪啦啪啦响，周围都是叫卖声——'川贝凉粉，来一份儿嘛'，非常有风情感，那些路也高高低低的，一会儿上去一会儿又下来。"

"2010年，我到白帝城，当时看见白帝城还流泪了。因为白帝城我是之前每一次来都会解说的'两岸猿声啼不住，轻舟已过万重山'，我之前解说白帝城的时候它就在天边，真的是'朝辞白帝彩云间'，我后来再看见它，它就是平的了。你突然觉得，那么熟悉的人是个陌生人，就跟爱人是一样的，一旦丧失他之后，面目全非，你觉得爱不起来了。现在跟以前的那种视野和感受完全不一样，它在你眼前消失掉了，这绝对不是矫情和怀旧。"

对于长江上自己曾讲解过无数次的那些自然风光的消失，佘子娴虽然也有着这样那样的遗憾和不舍，不过她还是比我想象中要达观和通透："事实上，说到长江上那些自然风光的消失，那也是没有办法的事情，总是要有代价的嘛，再说了，千秋公罪，自有历史评说，还轮不到咱们说呢，你说对吧？"

话锋一转，她又回忆起在长江上做播音员时的那段日子，说起客轮进黄浦江之前要转的一个大弯，说起自己曾经亲眼见证的那个时代的上海——一年一个样、三年大变样，说起南浦大桥和杨浦大桥的建成以及上海人谈论股票："当时，上海的那种风情感是非常好的，大概在1993年、1994年的时候，我跑上海的船最多，那个时候去上海其实跟后来很多人去香港是一样的，很开眼界。"

"那个时候，商业刚刚开始，正处于一个上升期嘛，我们船上的人也经常'捎买带'，比如把上海的小菜带回武汉，把武汉的烟带到上海，把这里的鳝鱼带到那里，又把那里的螃蟹带到这里。很多人需要这样，要过日子嘛！我也帮朋友买过结婚喜糖和奶油蛋糕，我结婚时所有东西包括手绢都是在上海买的。当时重庆还有物物交换，你给他一件衣裳，他给你两个鸡蛋，或者怎么样，非常朴实。重庆还有榨菜，有一次我买了五六十斤，我拿不下，就花一块二毛钱请一个扁担帮我挑到船上。还有牛肉面，真的是牛肉盖过了面，我们就买牛肉面回来下酒……"

"那时候的鄱阳湖也非常清亮，我们的船会停在这附近，比如九江。我在九江过过年，因为要在那里等旅客来上船，每一处都有旅客上船。其实，我在长江沿岸的很多地方都过过年，就是空船在那里过年，等他们来上船。等待的时候，有些小渔船会把鄱阳湖里的鱼带过来，我就让他们把我载到鄱阳湖去。鄱阳湖真漂亮，清澈见底，八百里洞庭，烟波浩渺。"

"另外，我们在大宁河、小三峡那一带也待过，要摆渡一个小船才能进去。我们那时候把脚放进水里，很多清亮的小鱼在水里头游；当时，'老外'也一波一波地去，不过他们都非常守规矩，一早上不吃东西。我后来问了翻译，老外为什么不吃东西，难道不饿吗？翻译就说，他们觉得吃东西就会产生垃圾。当时我们其中有些人就带着饼干去吃，把包装袋到处丢，他们就会主动捡起来，装在袋子里，带到船上去。我深刻地记得他们的环保意识。"

"印象深的还有荆州这一带，我们的船从西陵峡出来，经过那些大山的时候人会变得非常压抑，但是一出来就很舒服，极目楚天舒。在荆江那一带，尤其四月份的时候，我们的船从上边下来，两岸就是一片片油菜花，那是鱼米之乡，江汉平原非常非常漂亮，让我特别有那种热爱的感觉……"

眼前的时光在对过去的回忆中一闪而过，采访要结束的时候，已接近傍晚时分，这时我突然注意到佘子娴面前一直摆着一本墨绿色封皮的书。我拿过来翻了翻，发现那是一本她当年在江汉7号客轮上做播音员时用过的《长江客轮广播知识手册》——在这本1994年编撰的、内页已经松脆泛黄了的手册中，既有对长江风光的介绍，也有对船舶业务广播用语的介绍，以及对广播基础知识和轮船科普知识的介绍，甚至是对传统节日、文艺知识和长江古今诗词的介绍。

我意识到，在整整一个下午的采访中，她一直没有翻开过那本手册——甚至连碰都没碰过，我不知道她为什么把它也带了过来。不过,这一点并不难理解,带着这本手册,也就等于把她在长江上的那些日子带在了身边——又或者说,这本手册也是长江的一部分,把它带在身边,也就等于把长江带在了身边。

坐轮渡过江的人

水上客运大面积消失之后，短途轮渡是极少数还能满足人们坐船出行需求的方式之一。对武汉来说，在中华路码头和江汉关码头之间往返的轮渡，可能是这座城市所保留下来的唯一一条客运航线——当然，相比于观光，它的客运功能已经降为了次要。到长江江面上去看一看，换一种方式去打量长江和这座城市，是轮渡为这座城市所保留下来的一种浪漫。

后记

1

对于人的兴趣，是我接下这个写作任务的最主要原因。事实上，从小到大我总是对人抱有极大的兴趣，在还很小的时候，我就经常与一些年岁很大的人聊天——当然主要是听他们聊，后来，即使一直到现在，虽然更多的时候是一个人趴在电脑前敲敲打打，但对人的兴趣仍然是我从事的所有工作中最为核心的一种动力来源。接触，观察，倾听，交流，置身于对方的视角和世界，在某种意义上也就构成了我对现实生活的主要获取方式。

好奇、有耐心、时刻怀揣着与各种各样的人打交道的意愿，是一个写作者——尤其是这类非虚构内容的写作者——应该形成的根本依凭，至少从我的经验看来是这样的。一句话，非虚构类的写作并不比纯文学性的写作更容易——事实上往往相反，你必须得通过现实中的那些"他者"建立起字句中的那些"他者"，让他们从纸面上站立起来，跟读者说话。

无论那些有故事而有表达能力的人，那些沉默寡言又不善言辞的人，那些例行公事、中规中矩的人，又或者那些难以接近、拒斥交流的人，他们都是你进行的这类写作中不能不直面的人，你都必须得让他们"开口说话"。虽然中国人大多对陌生人心怀戒备，社会学和人类学常用的田野调查在这里并不具备深厚的土壤基础，而且大家对自身群体之外的人往往兴致缺缺——你几乎不可能让一个只见过一两面的人就无话不谈，但你必须找到走进他们身边——进而是内心——的那条或显或隐的通道。事实上，不能进入也是一种进入。

所以，在与本书中的这些采访对象交流的过程中，有时候我是作为一个旁观者和聆听者，而有时候又会把自己投置于他们的身份和视角，以一种既疏离又亲近的方式走进他们和他们所从事的——对于这种自我和他者相结合的记录，也就是构成这本书的主体内容。

从某种意义上说，我也是在致力于重建一个个采访现场，不单单会写下来他们所说的那些内容，同时也会写下来我有意无意间捕捉到的那些细节，那些我们当时交流互动的方式，那些我们共同置身的那个短暂的时空现场，以及那些让我们具有同感或者产生分歧的事情。在我看来，后面有些部分的内容虽然与"长江大保护"这一主题并非直接相关，不过也是构成一次采访最具真实性和完整性的重要部分，同时也是这本书中具有"文学性"的部分。

这本书中的20多位采访对象，大部分都是我自己选定的——这当然免不了会带有一定的主观色彩和随机成分，另一部分来源于相关采访单位和采访对象的推荐。大体来说，他们涵盖了我能想到的与武汉段"长江大保护"整体相关的各个领域——护鱼、执法、管理、政策、科研、宣讲、普及、基层工作、志愿服务等。对于这一项系统性的浩大工程而言，这些领域都在以这样那样的方式贡献着自己的力量，作为一个写作者，我意在通过这些领域的采访对象和他们背后的那些领域，尽力去"拼盘"出一个相对整体化的图景。

是的，我是《唯见长江——一座城和一条江的纪事》这部作品的作者不假，但是在某种意义上，我也只不过是一个穿针引线的记录者和呈现者，他们——这20多位采访对象，才是构成这部作品的主体，才是构成武汉这座城市和它的公民们参与"长江大保护"的整体图景——至少是我这位作者视角里的整体图景。在这里，我也想再一次提及他们的名字——

武汉市江夏区渔政执法工作站巡护队队长彭运斌
武汉市江夏区渔政执法工作站巡护员汪贤由
武汉市江夏区渔政执法工作站巡护员彭定刚
武汉市汉南区长江巡护队巡护员陈贤铭
武汉市水务执法总队执法管理三队队长罗正旺
武汉市水务执法总队执法管理三队二级主任科员李永桃
武汉市水务局规建处处长高山
武汉市水务局原局长傅先武
武汉市水务局原副局长张军花
武汉市江滩管理办公室主任喻正茂
武汉市水务科学研究院副院长李敏
武汉市水务局污水处处长谭莹雪
武汉市水务局河湖长制办公室主任昝玉红
武汉市水务局党组成员、副局长王赤兵
武汉市水务集团宗关水厂总工程师、全国人大代表王琼
长江水利委员会长江科学院原副院长陈进
《中国三峡》杂志副主编任红
媒体人、乐评人、诗人、作家李皖
中国科学院水生生物研究所研究员刘焕章

长江文明馆原副馆长张肖雯

武汉市江滩管理办公室副主任陈俊

武汉市江滩管理办公室综合办主任向丽华

武汉市江滩管理办公室公共服务科科员贺爽

武汉市地书协会秘书长张姝

"爱在江滩"阳光志愿者肖桂香

"爱在江滩"阳光志愿者吴翠云

长航集团原广播员佘子娴

2

是的,我当然知道,以上所列出来的这些采访对象只是"长江大保护"参与者中的极少一部分,他们背后还有无数这样的人——那些我没来得及采访和书写的"沉默的大多数"。

他们,那些以这样那样的方式参与到"长江大保护"之中的人们,那些隐没在这些有名字的采访对象背后的无名者们,正是他们日复一日、点点滴滴的努力和参与,正是所有人的所有努力和参与汇聚而成的总和,才让武汉段的长江和更广大范围内的长江呈现出了今天在我们面前的面貌。不过,受限于篇幅和时间关系,我没有办法将他们的事迹都一一记录在这本书中，但是我相信，长江水质的持续变好，肯定都包含着他们的护佑之功。

当然，武汉这座城市，以及来到和生活在这座城市里的人们——以及将来要来到和生活在这座城市里的人们，也肯定会记得他们对长江的护佑之功——一个再简单不过的原因是，这是一座与长江有着巨大关系的城市。无论长年居住在武汉的人还是来过这座城市的游客，抑或从未到过这里的外地人，所有人都知道这是一座因江而生、因江而名，也因江而荣的城市——长江，还有它的最大支流汉江，是这座城市成为江城的最根本所在。

长江从这座城市斜穿而过，汉水也在此汇入长江。江河交汇，每每必有奇景，而武汉的独特之处在于，它以二水分三镇的格局形成了无论在中国还是世界范围内都难得一见的城市版图，虽置身于中国内陆地区，却有着其他内陆城市难得一见的阔大气象和交通能力——作为九省通衢，这片咽喉之地无论往东南西北的哪个方向都能便捷地通达而至。而在唐宋以后，随着经济文化的重心南移，武汉更是能赶其时、得其机、逢其盛，到了近现代时期，更在东西方交融的风云之中形成了中国唯二的"大"城市，"驾乎津门，直追沪上"。

不得不承认的是，这当然并非因为长江的单一因素所致，但是话又说回来，也绝对离开不了长江的因素——如果没有长江穿城而过，我很难想象武汉会是一座什么样的城市。

是的，一条大江带来了一座大城，这是一座因为长江而有了形式和内容的城市，是一座因为长江而有了外延和内涵的城市。长江对于武汉在形象、地理、历史、精神、文化、性格和气质上的塑造，对于生活在这座城市里的1300多万人的价值和意义，怎么强调都不算为过——换句话说，对于今天正在进行中的"长江大保护"的强调，也怎么都不算为过。

小而言之，从武汉这座城市的角度来说，保护长江也就是在保护这座城市，保护生活在这座城市里的人们的日常生活——武汉段的"长江大保护"，作用也不仅仅在于武汉，同时也决定了长江下游甚至是上游的水质，而如果我们把视线拉开一些，再拉开一些，站在中国和世界的角度来说，对长江的保护更有着全人类的意义——"人类命运共同体"的意义。

事实上，就我自己来说，对于长江——以及由此而来的"长江大保护"——也同样有着一种久远却越来越强烈的感触。在人生的前二十年，我一直生活在一马平川的豫东平原，远离山水，对江河也几乎没有什么概念——更遑论直接经验。我和长江最早的接触，来源于祖母的一张照片，那是

20世纪90年代她在武汉长江大桥上的一张留影，那是我第一次看见长江——以看见长江大桥的方式，对一个从来没有离开过家乡的少年来说，长江代表着我没有抵达却又像是已经抵达了的远方。那张照片，至今还一直清晰地刻印在我的脑海之中。

后来，在21世纪初的那些年，我曾经有过几次在武汉经停的经历，每一次我都会来到长江大桥上转一转，看一看从西南而来又往东北而去的滚滚江水——在某种意义上，来到武汉，来到长江大桥上，像祖母那样在那里站上一会儿，也就成了我在这座城市进行的某种仪式。从情感记忆的角度说，长江与我的连接是因为祖母的那张照片，是因为后来我的那种仪式，而保护长江，对我来说也就是保护祖母二十多年前定格在长江大桥上的身影。

再后来，我从广州去了桂林，从桂林去了上海，从上海去了北京，从北京又来了武汉——我从来没有想到的是，这座我一开始只是打算待一段时间就离开的城市，竟然会成为我十几年来漂泊无定生活的终结之地——难道，是出于祖母在长江大桥上那个身影的召唤吗？

现在，我已经来武汉整整十年了。作为一个来到这里、生活在这里，最后又定居在这里的新武汉人，我一直住在长江边，闲暇时间也经常到长江边走一走，在长江大桥上转一转——我原来住的后长街距离长江不过几百米之遥，而我现在住的昙华林距离长江也不过1.2千米之遥，都在步行可以抵达的范围之内。这十年里，我在从中华路码头到武昌造船厂那一两千米的长江边来来回回走过无数次，可以说，那一段长江就是我最为熟悉的长江。

然而，说不清为什么，在这本书的最后一个字写完之后——八月底的一个傍晚，我还是怀着一种从来没有过的迫不及待的心情又去了一次长江边。在长江大桥旁边的中华路码头看台上，当望着夕阳映照下那正在滚滚而去的金色江水、正在水面上一俯一仰的游泳者以及台阶上那些吹着江风闲聊的人们时，我仿佛突然具备了一种从来没有过的超能力，在某些恍然而至的瞬间，在那些来回翻腾的金色浪花之间，我像是看见了这几个月里采访过的那一张张脸庞——而在上方的长江大桥桥头，祖母的身影好像也又一次出现在了那里。

那一刻，我知道并且深信不疑的是，在这本书面世之后不久，我采访过的那一张张脸庞也会出现在捧读着这本书的那些读者们的眼睛里——很有可能，那些读者们也将会像我的那些采访对象们一样，成为"长江大保护"的一员。而对我来说，我当然早就是其中的一员了，事实上在看到祖母在长江大桥上的照片的那一刻，我或许就已经是其中的一员了。

致谢

这项主题创作能在那么短的时间内完成并出版，首先要感谢湖北省作家协会主席、武汉市文联主席李修文，武汉市文联党组书记、副主席章建育，党组成员、副主席董芳，党组成员、副主席陈菁，一级调研员吕兵，武汉文学院院长张执浩，他们为这个项目的落地实施和各项进度的完成提供了重要决策意见以及各项帮助；感谢武汉作家协会秘书长罗展波，正是有他事无巨细的居间联系和协调，我才有机会实现对书中多位对象的现场采访。

感谢武汉市水务局规建处处长高山，水务系统多位对象的采访都是靠她联系协调的，事实上她也是我原定的采访对象之一，只是她的谦虚让她觉得自己不适合被"抛头露面"。

感谢长江日报社编委李皖、长江日报社《江花周刊》主编周璐、长江日报社城建部主任金涛。李皖作为"江滩大讲堂"的第一位主讲人，为我讲述了他对长江和武汉这座城市关系的理解，同时也为本书能呈现出今天的样貌提供了诸多思路和意见；周璐在《江花周刊》整版编发了本书的节选文章《江城人护江记》；金涛除了为我讲述作为志愿者和媒体人参与武汉治理湖泊的往事之外，还推荐我在全国环境日那天成为2024年度的武汉市环境观察员。

同样应该感谢的，还有武汉市水务局办公室主任张轶孟，江夏区农业执法中心主任董义忠、宣传科科长朱李，江夏区长江渔政协助巡护队队长王圣全，江夏区作家协会主席黄海，武汉市东湖生态旅游风景区管理委员会信访办主任李长平，长航集团《长江航运报》副总编辑胡安梅，长江航务管理局长江水上交通监测与应急处置中心新闻科科长、主任记者高妞，对于他们在我完成本书采访过程中所提供的这样那样的便利和协助，深铭在心。

感谢长江文艺出版社副社长阳继波和各位编辑在本书出版过程中提供的大力支持，事实上这也是我在长江文艺出版社出版的第三部作品，去年一月份出版的诗集《出门》和今年八月份出版的小说集《火腿》，也都在编校、宣传等各个环节得到了出版社的重要帮助。

此外，或许我还应该感谢一下自己。与我这些年来其他可以自由创作的作品完全不一样，为了完成这项已经确定主题的创作，同时尽量保证内容素材的"新鲜"，我不但要进入一个近乎完全陌生的领域，而且还要面对面地采访几乎每一个对象——有的还不止一次，这中间的千繁万杂非亲身经历一遭是很难切身体会到的——单举一例即可证明，光是整理这些动辄就两三个小时的录音资料就称得上一项浩大工程，更何况其中还有不少是方言。

当然，最应该感谢的还是书中的这些采访对象。正是因为他们愿意接受采访，同时愿意毫无保留地将自己参与"长江大保护"的种种和与之相关的内容和盘托出，我才能获得完成这项主题创作的基础素材——事实上，直接表达不愿意被采访、以这样那样的理由和借口推辞被采访或者没有时间与机会被采访的人也不乏其例，我当然也完全可以理解他们。

最后，我作为创作者要说的是，这本书所记录的与其说是我的"创作"，不如说是以上提及的所有人的"创作"——从某种意义上说，长江武汉段所进行的"长江大保护"牵动着他们每一个人，而我所能"创作"的，只不过是将他们的心声和行动通过文字集中表达出来。

参考书目和资料

为了保持写作的文字流畅和给读者带来的阅读感,在行文过程中,我只有在直接引用时才给出了资料来源。以下罗列的部分书目和资料,是我在写作这本书的过程中觉得有帮助的——有些是最直接意义上的帮助,而有些则是在理念、价值和视野层面的隐性帮助:

《汉口:一个中国城市的商业和社会(1796—1889)》(海外中国研究文库),(美)罗威廉 著,中国人民大学出版社,2016年9月第1版

《稻作渔猎文明——从长江文明到弥生文化》(人文东亚研究丛书),(日)安田喜宪 著,中西书局,2022年6月第1版

《无地可依:后工业时代芝加哥的家庭与阶级》,

（美）克里斯蒂娜·J.沃利 著，生活·读书·新知三联书店，2023年12月第1版

《逃避统治的艺术 东南亚高地的无政府主义历史》，（美）詹姆士·斯科特 著，生活·读书·新知三联书店，2016年1月第1版

《西太平洋上的航海者》（汉译名著本15），（英）马林诺夫斯基 著，商务印书馆，2024年2月第1版

《跨越边界的社区：北京"浙江村"的生活史》（修订版），项飙 著，生活书店出版有限公司，2018年3月第1版

《江村经济》（作家经典文库），费孝通 著，作家出版社，2020年7月第1版

《毛姆中国游记》，（英）毛姆 著，四川文艺出版社，2022年8月第1版

《长江小史》，许倬云 著，湖南文艺出版社，2024年5月第1版

《长江演变与水资源利用》，陈进 著，长江出版社，2012年12月第1版

《长江水资源管理与保护实践》，陈进 著，长江出版社，2020年12月第1版

《长江文明之旅丛书：三江源之旅》，陈进 著，长

江出版社，2019年9月第1版

《长江文明》，冯天瑜、马志亮、丁援 著，中信出版社，2021年9月第1版

《长江传》，徐刚 著，岳麓书社/海南出版社/博集天卷，2023年1月第1版

《"多快好省"的城市水环境治理探微》，王赤兵 编，武汉出版社，2024年8月第1版